Rüdiger Schneider

Camera Obscura – oder die Reisen des Maximilian Brandt

Novelle

Rüdiger Schneider

Camera Obscura – oder die Reisen des
Maximilian Brandt

Novelle

Bibliografische Information der Deutschen Nationalbibliothek: Die Deutsche Nationalbibliothek verzeichnet diese Publikation in der Deutschen Nationalbibliografie; detaillierte bibliografische Daten sind im Internet über http://dnb.d-nb.de abrufbar.

Herstellung und Verlag: BoD- Books on Demand, Norderstedt

ISBN: 9783750486942

1

Eine Zeit lang war ich zufrieden mit meinem Beruf. Ich bin Flugbegleiter bei der Lufthansa, trage im Dienst eine elegante, dunkelblaue Uniform mit meinem Namensschild: M. Brandt. Das M. steht für Maximilian. Ich kam, wie ich es mir anfangs gewünscht hatte, in der Welt herum, landete in Singapur, Hong Kong, Manila, Bangkok, Seoul, Djakarta, San Franzisko, Delhi, Casablanca und in vielen anderen Orten. Aber im Laufe der Zeit verblasste die Reiselust. Der Job wurde zur Routine und eigentlich sah ich auch nicht viel von den Städten, von den Ländern sowieso nichts. Denn es war immer nur Hinflug, Hotel, Rückflug.

Sicher, ich hätte auch einen anderen Beruf wählen können. Das Abitur hatte ich. Ein Jahr lang trieb ich mich an der Bonner Universität herum, war eingeschrieben für Philosophie, wusste aber nicht, was ich damit beruflich anfangen sollte. Mich interessierten aber die existentiellen Fragen. Nach dem Woher und Wohin des Menschen, nach seiner Stellung im Universum. Ich wollte wissen, geschieht etwas aus Zufall oder ist es

Fügung. Die Philosophie, die an der Universität gelehrt wurde, gab mir keine Antwort. Und als dann einmal in einer Vorlesung über Hegels ‚Gestänge in Zeit und Raum' doziert wurde, schmiss ich hin, wollte lieber Geld verdienen, von den Eltern unabhängig sein, Abenteuer erleben, etwas von der Welt sehen. Da war ich Anfang 20.

Die Ausbildung zum Flugbegleiter war erfreulich kurz, dauerte nur vier Monate. Dann war ich regelmäßig in der Luft. Aber wie gesagt: Es wurde im Laufe der Jahre zur Routine, war nicht besonders abwechslungsreich. Nach dem Briefing mit der Crew und der Ansprache des Kapitäns musste ich meinen Kabinenabschnitt kontrollieren, die Verpflegung mit dem Catering Agenten überprüfen, die Galley checken, Reisende mit einem Lächeln begrüßen, beim Gepäck helfen, Sicherheitshinweise geben, Rutschendruck und Sauerstoffflaschen checken, bis dann der Purser das Kommando gab: „Cabin crew, all doors in flight!" Ich meldete dann „Kabine klar!" ins Cockpit. Die Maschine rollte zur Startbahn. War die Reiseflughöhe von 10 000 Metern erreicht, gab es noch mal ein Briefing in der Galley.

Danach hatte ich die Menükarten auszuhändigen und für den Service zu sorgen.

Im ersten Jahr meines Jobs war ich der Philosophie noch treu geblieben, suchte weiter nach Antworten auf meine Fragen, las ein paar Bücher. Zum Beispiel vom Dalai Lama, der fragte: „Was aber ist Glück?" Ich beließ es beim Lesen. Der Eintritt ins Glück gelang mir nicht. Es mangelte an der Umsetzung. Ich wagte mich an Thomas von Aquin ‚De Ente et Essentia', vom Sein und vom Wesen. Es war zu kompliziert. Ich blätterte in ‚Gott oder nichts'. Vergebens. Ich wollte Abenteuer erleben und nicht in einer Klosterzelle beengt sein. Auch Stephen Hawkings ‚Kurze Antworten auf große Fragen' half mir nicht. Den Urknall hielt ich schlicht für den allergrößten Blödsinn. Er steuerte nichts zu meinem Verständnis der Welt bei. Dass das Universum spontan aus nichts entstanden sein sollte, konnte ich mir nicht vorstellen. Auch das Werk des Boethius ‚Trost der Philosophie' ließ mich ratlos zurück. „Gibt es einen Gott - Woher das Übel? Gibt es keinen – Woher das Gute?" Lauter Fragezeichen also. Ich stellte meine privaten Studien nach einem

Jahr ein, las nicht mehr, hatte sogar einen Widerwillen gegen Gedrucktes. Lieber wollte ich die bunten Bilder der Welt in mich hineinlassen.

Jetzt bin ich 32, freue mich mehr darauf, wieder zu Hause in meiner Bonner Wohnung zu sein.

Fotografiert, geknipst mit meinem Smartphone, hatte ich reichlich. Aber die sogenannten Sehenswürdigkeiten waren schließlich immer dieselben. Da veränderte sich nichts. Stillstand.

Ich will die digitale Fotografie nicht verunglimpfen. Man spart sich das Entwickeln, kann Fotos sogleich versenden, sie im Computer speichern, auf beliebige Formate bringen, bearbeiten, verändern und vor allem: Sie kosten nichts. Ich kann tausendmal dasselbe Motiv ablichten, tausendmal den Auslöser drücken. Es kostet nichts. Alles ist sofort. Kaum habe ich den Auslöser gedrückt, verfüge ich auch schon über das Foto.

„Wie langweilig!" dachte ich. Die Bilder sind gefroren. Bewegung? Keine!

2

So kam ich auf die Idee, mich der analogen Fotografie zuzuwenden. Ich wollte mich um ein Bild wieder bemühen, sehen, wie es entsteht, wie die Konturen im Rotlicht der Dunkelkammer erscheinen, stärker werden, bis der Zeitpunkt kommt, wo man das lichtempfindliche Papier aus der Schale mit dem Entwickler nimmt, mit Wasser abspült, um es dann in ein Fixierbad zu tauchen, damit das Motiv erhalten bleibt und nicht durch das Licht außerhalb der Dunkelkammer schwarz wird.

In einem Fotogeschäft, das neben digitalen Apparaten auch Fotografika anbot, kaufte ich mir eine Agfa Synchro Box von 1951. Sie hatte das Aussehen eines Kästchens, war aus schwarz gefärbtem Stahlblech. Mit einem seitlichen Schieber, einem Lochblech, konnte man drei Blendenstufen einstellen, sah von oben durch einen Sucher auf das Motiv. Die Belichtungszeit war festgelegt. Es gab nur diese eine. Man drückte auf einen Auslöserhebel. Es machte ‚Klack‘, das Licht fiel für eine dreißigstel Sekunde durch das Objektiv auf einen eingespulten

Film im Innern der Box. Aber diese so simple Kamera hatte eine Funktion, die bei den digitalen fehlte. Die Langzeit-belichtung. Drückte man den Auslöser-hebel nach unten, hielt ihn in dieser Position, so blieb der Verschluss, solange man wollte, geöffnet. Das ermöglichte mir, in einen Bereich zu kommen, wo das Foto nicht mehr scharf den Moment wiedergab, sondern den Ablauf einer Bewegung. Im Internet fand ich einen Berliner Laden, bei dem man immer noch Filme und Fotopapier und alles, was man für eine Entwicklung und Fixierung des Bildes brauchte, bestellen konnte. Ich kaufte keine Filme, sondern lichtempfindliches Fotopapier, schnitt es auf das Format 6x9, befestigte es innen an der Rückwand der Box.

Die Gästetoilette meiner Wohnung richtete ich mir als Dunkelkammer ein, versiegelte das kleine Fenster mit schwarzer Pappe, wechselte die helle Birne gegen eine rote, schob einen Tisch über die Toilettenschüssel, bestellte in dem Fotoladen die Grundausrüstung. Schalen, Flaschen mit Entwickler- und Fixierlösung, eine Chemiezange, um das Foto in den Flüssigkeiten schwenken und herausnehmen zu können. Der Entwickler arbeitete auf Vitamin C-Basis. Ihn konnte ich, war er verbraucht, in das Waschbecken schütten. Die Lösung mit dem Fixiersalz sammelte ich in einem Kanister, den ich beim Schadstoffmobil abgeben konnte. Da ich, um den Ablauf einer Bewegung festhalten zu können, längere Belichtungszeiten brauchte und die Unruhe der Hände verhindern musste, schaffte ich mir für die Box natürlich auch ein Stativ an.

3

Für meine erste Aufnahme wartete ich eine Nacht ab, in der die Venus dicht vor einem Sichelmond wanderte, baute die Kamera mit dem Stativ auf meinem Balkon auf, richtete die Box zum Himmel, stellte die kleinste Blende ein, drückte den Auslöserhebel nach unten, fixierte ihn mit einer Schnur am Stativ, hielt ihn für eine ganze Stunde geöffnet, während Mond und Venus weiter wanderten.

Was ich dann nach dem Entwickeln und dem Fixieren sah, war eine zunächst breite, dunkle Bahn des Mondes und eine längere, strichförmige der Venus, die dem

Erdtrabanten davoneilte. Da, wo das Licht auf das Fotopapier getroffen war, hatte sich grauschwarzes Silber ausgeschieden. Aber auch andere Lichtquellen mussten sich eingeschaltet haben und lagen wie ein geheimnisvoller Schimmer auf dem Bild. Es mochten Reflexe sein von Laternen, erleuchteten Fenstern oder Autoscheinwerfern. Zunächst hatte ich nur ein Negativ. Ich klemmte es unter ein Episkop, projizierte das Negativ auf Fotopapier, verwandelte es in ein Positiv. Nun wurde das hell, was zuvor dunkel war, und was hell war, wurde dunkel. So entsprach es den wirklichen Lichtverhältnissen. Im Vergleich zur digitalen Fotografie schien das alles sehr umständlich und zeitraubend. Es machte mir aber Freude, ein Bild im Entstehen, im Werden zu beobachten. Vor allem aber hatte ich einen Bewegungsablauf fotografiert, ein Stück Leben, wie ich es nannte. Ich sah die Bahn des Mondes und die viel zartere der Venus davor. Und ich sah den Schimmer anderer Lichtquellen. Das Foto strahlte eine geheimnisvolle Stimmung aus, so als hätte es ein surrealistischer Maler komponiert.

Das zweite Foto nahm ich tagsüber am Rande eines Roggenfeldes auf. Zunächst beobachtete ich, ohne den Auslöser zu bedienen, das sich im Frühsommerwind wiegende Korn. Die Halme schmiegten sich dicht an dicht in zarter, gestreckter Leichtigkeit, mit einem seidigen Licht dazwischen. Das Lichtweben ging bis in die Tiefe des Feldes. Kam eine Böe, beugten sich die Halme und, Wellen gleich, strich der Wind über das wogende Ährenmeer. Eine durchsichtige Wolke aus goldglänzenden Pollen hob sich ab, stieg in Schwaden aus den Ähren empor, einer ungewissen Zukunft entgegen. Wie üppig schenkten und verschwendeten sich die Ährenpollen! Millionen werden nicht ans Ziel gelangen, weitere Millionen werden sich an den klebrigen Stempel heften und die Frucht zum Quellen bringen. Dann wird das Feld sich dunkler färben, wird massiger und dichter werden und dem Wind mehr Widerstand leisten. Der störrische Halmenwald wird kein sanftes Rauschen mehr hervorbringen, sondern ein kantiges Rascheln, wenn eine Böe hindurchfegt. In der Sommersonne wird das dunkelbläuliche Getreide die Wärme aufsaugen und sich golden färben. Das pfingstliche Feld dagegen erschien noch licht und leicht, zeigte das Leben in einem ätherischen Zauber. Ich wollte die Stimmung, die Bewegung einfangen, die zarten Schatten der Pollen über dem Feld, das sich Wiegen im Wind. Ich wählte eine mittelgroße Blende, wartete die nächste Böe ab, drückte den Auslöser, hielt ihn für fünf Sekunden. Als ich das Fotopapier in der Dunkelkammer entwickelt und das Negativ in ein Positiv umgewandelt hatte, da lag es wie ein heller Rauch über dem Roggenfeld. In wellenförmigen Kurven zeigte sich die Bewegung der einzelnen Halme, so als hätten sie sich einem geheimen Tanz hingegeben. Es war die Sprache der Dinge, die ich empfand, als würde sie in meinem eigenen Innern gesprochen werden. Sprach sich in einem solchen Erleben nicht die ganze Welt aus?

4

Nun ging ich dazu über, mich den Menschen zuzuwenden, ihrer Bewegung. Ich stellte das Stativ auf einen Bahnsteig des Bonner Bahnhofs, befestigte die Box, achtete nicht auf die fragenden und befremdlichen Blicke, die man mir und dem seltsamen Apparat schenkte, wartete, bis ein Zug einfuhr und hielt. Ein hektisches Gewimmel begann. Ich wählte wieder die mittlere Blende, drückte für zehn Sekunden den Auslöser.

Als ich das Fotopapier in der Dunkelkammer entwickelte, zeigte sich der stehende Zug scharf konturiert, die Menschen aber waren in sich verwobene, anonyme Schatten. Ich sah darin nicht nur die Bewegung, sondern auch die Vergänglichkeit im Strom der Zeit. Was sich hier in zehn Sekunden ereignet hatte, galt das nicht auch für das ganze Leben? So wie eine Sternschnuppe für kurze Zeit ihre Spur am Himmel zog und verglühte, erging es auch dem Menschen.

Ähnliche Aufnahmen machte ich vor dem Eingang des Bonner Rathauses. Kam eine einzelne Person, sah ich später auf dem Bild die Bewegung als eine kontinuierliche, so als handele es sich um einen Kondensstreifen, in dem man gerade noch einen menschlichen Umriss erahnen konnte.

In einem Kaufhaus postierte ich mich unten an der Rolltreppe, lichtete die dichtgedrängte Schar auf den gleitenden Stufen ab und erhielt als Bild einen breiten, verschwommenen Streifen. Nur das gleichmäßig ziehende Band des Geländers erschien scharf, als würde es stillstehen. Der einzelne Mensch war in die Anonymität einer kaufenden Masse abgetaucht.

Weitere Orte kamen hinzu. Der Eingang des Rheinischen Landesmuseums und der Beethovenhalle, ein Stand auf dem Marktplatz, die Schlange vor dem Check-In-Schalter am KölnBonner Flughafen, Spaziergänger auf der Rheinpromenade, das Gewimmel in der Fußgängerzone, Wartende an einer Bushaltestelle.

Bei manchen Aufnahmen musste ich vorher um Erlaubnis fragen. So zum Beispiel im Bonner Kunstmuseum. Hier hatte ich die Box vor dem auf einem Bügel hängenden ‚Filzanzug‘ von Joseph Beuys aufgestellt. Er provozierte das stille, nachdenkliche Überlegen, das sich auf dem Foto mit einem erkennbaren Gesicht zeigte, beim empörten, verständnislosen Kopfschütteln aber mit einem unkenntlich rotierendem.

Nach meinem zehnten Besuch dort wurde der Kurator auf mich aufmerksam. Ich hatte ihm vorher schon bei meinem ersten Besuch erklärt, was ich machte. Jetzt aber interessierte er sich selbst dafür, bat mich, ihm die Aufnahmen zu zeigen. Ich vergrößerte jede einzelne mit dem Episkop auf DIN-A4-Format und legte sie ihm in seinem Büro vor.

Er strich sich beim Betrachten der Fotos mit der Hand über das Kinn, nickte.

„Herr Brandt, das ist beeindruckend", sagte er. „Da machen wir was draus. Das ist ja eine Gegenbewegung zum Digitalen. Sie bekommen hier eine kleine eigene Ausstellung im Raum der Fotografie. Natürlich mit Vernissage. Nichts Großartiges, eine kleine Einführung in Ihre Kunst. Wollen Sie selbst etwas zu Ihren Bildern sagen?"

Ich schüttelte den Kopf. „Ich bin kein Redner. Wenn Sie das machen könnten…"

„Mach ich. Dazu gibt es auch etwas Musikalisches. Am besten ein Stück auf einer Violine. Etwas Klassisches. Haben Sie eine Idee?"

„Nein. Auf dem Gebiet kenne ich mich nicht aus."

„Na, gut. Da wird mir schon was einfallen. Vielleicht die Violinsonate von Schubert in A-Dur. Das begleitende Klavier kann man weglassen. Es ist ein romantisches Stück. So wie ihre Art der Fotografie."

Ich protestierte. „Das ist nicht romantisch. Das ist philosophisch. Es zeigt den Menschen als unruhigen, getriebenen Schatten, der Zeit und der Vergänglichkeit unterworfen."

„Ja, ja. Das sehe ich doch. Gut, wir haben auch ein fahrbares Piano. Dann nehmen wir eben den Trauermarsch aus Chopins Sonate in b-Moll. Das wird oft bei Beerdigungen gespielt. Die Beerdigung des Analogen. Mit einer gewissen Wehmut über die Vergänglichkeit."

„In der Fotografie oder beim Menschen?" fragte ich.

„Bei beiden!" meinte er.

5

Ich war mit der analogen Fotografie vertraut geworden, konnte Lichtverhältnisse richtig einschätzen, die passende Blende und Belichtungszeit bestimmen und hatte schon eine hübsche Sammlung vorzuweisen. Natürlich gelang nicht jede Aufnahme. Licht und Bewegung konnten einem Streiche spielen. Manches Fotopapier landete im Mülleimer.

Zusammen mit dem Kurator suchte ich die zwanzig besten Bilder aus, rahmte sie, war bei der Hängung dabei und fühlte mich geschmeichelt, meinen Namen auf einem Schild unter dem Foto zu finden. Die Aufnahmen selbst blieben ohne Titel. Dafür bekam die Ausstellung einen: ‚Die Unruhe der Zeit'.

An einem Winterabend war es dann so weit. Der Ausstellungsraum hatte sich mit Publikum gefüllt. In der Mehrzahl waren es Frauen. Die Männer waren zu Hause geblieben, weil Bayern München ein Spiel in der Champions League hatte. Ein Piano war herangeschafft worden, an dem eine Pianistin der Bonner Philharmoniker saß.

„Sie sieht aus wie Hélène Grimaud", flüsterte mir der Kurator ins Ohr. „Klasse, nicht wahr!"

Ich nickte, wusste aber nicht, wer Hélène Grimaud war.

Der Kurator hielt eine Begrüßungsrede, stellte mich vor und meine in einem positiven Sinne primitive Art des Fotografierens, die zu überraschenden Aussagen führe, den Menschen im Brennglas der Unruhe, Anonymität, Bewegung und Vergänglichkeit zeigen würde. Es sei eine Mahnung zur Besinnung und Entschleunigung.

Als er geendet hatte, griff die Pianistin in die Tasten. Sie spielte langsam, behutsam, manchmal kamen Stellen, an denen sie wuchtig anschlug. Es waren mahnende Basstöne, als käme der Tod daher geschritten. Im mittleren Teil wurde die Musik friedvoller, freundlicher, um dann aber bald wieder von den dunklen Tönen beherrscht zu werden. Es war, als würde jemand einer großen Liebe nachtrauern und Abschied nehmen. Ich hätte mir doch eher die Violine von Schubert wünschen sollen. Aber das war jetzt zu spät. Die Musik hatte sich dem Publikum aufs Gemüt gelegt. Still wanderten die Leute, als die letzten Klänge verschwebt waren, von Bild zu Bild.

Eine der Damen, die so etwa fünfzig sein mochte, sprach mich unmittelbar nach dem Betrachten des ersten Fotos an:

„Sagen Sie, man erkennt die Menschen gar nicht."

„Das ist ja auch Sinn der Sache", antwortete ich. „Sie sind zu sehr in Bewegung. Da fehlt die Ruhe."

Ich war dankbar, dass sie mir nicht den Tipp gab, es mal mit einer Digitalkamera zu versuchen.

Eigentlich hatte ich mich bei der Pianistin bedanken und mit ihr sprechen wollen. Aber sie war schon sofort nach ihrem Auftritt verschwunden.

Nein, ich war nicht berühmt geworden. Die Ausstellung dauerte nur zwei Wochen. Dann war Ende. Der Kurator hatte mich gefragt, ob ich die Bilder auch verkaufen wollte. Welche Preisvorstellungen ich hätte. Wenn sich ein Interessent fände, würde er einen roten Punkt unter das Foto kleben. Das sei das Zeichen für ‚verkauft'.

Ich hatte mir darüber noch keine Gedanken gemacht. Eigentlich wollte ich nicht verkaufen, sondern die Fotos behalten. Sie waren wie Kinder für mich, spiegelten schon lange kein Hobby mehr, sondern eine Leidenschaft. Die Frage nach dem Preis war letztlich überflüssig. Niemand wollte ein Foto haben, auf dem man die Menschen nicht mehr richtig erkennen konnte. Sie waren an gestochen scharfe Konturen gewöhnt. Mit der Unschärfe wollten sie nichts zu tun haben.

6

Ich verbrachte viel Zeit mit der analogen Fotografie, suchte Orte auf, an denen sich Menschen versammelten, lauerte auf dem Rheinhöhenweg auch einsamen Wanderern auf, um ihre Bewegung im Bild festzuhalten. Danach hockte ich in der Dunkelkammer.

Was die Liebe betrifft, hatte ich eine Freundin, Lena, der das zu viel wurde. Nach vier Jahren Beziehung war sie auf einmal verschwunden. Eine Woche später kam eine Karte aus der Türkei. „Grüße von Lena und Mehmet aus Antalya." Mehmet war ein Kollege, den wir ab und zu eingeladen hatten. Er hatte nicht persönlich unterschrieben. Die Karte war Lenas Werk.

Die Grüße drückten mir eine Zeit lang aufs Gemüt. Aber in eine lähmende Starre, wie es leicht bei so etwas geschehen kann, fiel ich nicht. Bald war ich wieder mit der Box unterwegs, saß in der Dunkelkammer, entwickelte Fotos, fixierte, wandelte Negative um in Positive. Die Wunde, die vielleicht mehr aus verletzter Eitelkeit bestand als aus verlorener Liebe, verheilte rasch. Sollte sie doch meinetwegen in der

Türkei bleiben. Mit 32 Jahren stand mir die Welt immer noch offen. Ich hatte einen Beruf, der als abenteuerlich angesehen wurde, obgleich ich nur irgendwo in einem Hotel war und von dem Land nichts wusste und nichts sah. Hässlich war ich auch nicht. Sonst hätte man mich nicht als Flugbegleiter eingestellt. Die dunkelblonden Haare waren noch dicht und, wie Lena es einmal gesagt hatte, fielen „in süßen Wellen".

Was Frauen betraf, neigte ich zur Schüchternheit. Aber das war nicht unbedingt ein Fehler. Manchen schien es eher zu gefallen und weckte die Eroberungslust. Zu einer neuen Beziehung, zu einer Bindung konnte ich mich aber nicht entschließen. Amor schoss keine Pfeile ab. Es war, als würde ich auf die große Liebe warten, den Blitz, der einem die Sinne raubt. Danach aber zu suchen, empfand ich als vergeblich. Denn dann findet man nichts. So etwas ergibt sich aus dem Zufall, ist vielleicht von höheren Mächten gelenkt, kommt als Schicksal daher. In der Liebe ist der Spruch „Wer sucht, der findet." ungültig. So ging ich also weiter routinemäßig meinem Beruf nach und widmete meine freie Zeit der analogen Fotografie. Ich hatte keine Affäre, auch nicht nur für eine Nacht, was ich sowieso verabscheute. Es gab auch keine Romanze mit einer Kollegin. Ich hatte mir die Einstellung eines Flugkapitäns zu eigen gemacht, der gesagt hatte:

„Einmal mit einer Stewardess im Hotel angebandelt, spricht es sich herum und dein Ruf ist erledigt. Von so etwas lässt man die Finger."

Oh ja, Gelegenheiten hätte es gegeben und mein Ruf wäre auch nicht erledigt gewesen, da es unter Gleichgestellten gewesen wäre. Da hätte niemand ein Wort drüber verloren. Aber es passierte nicht. Und es passierte erst recht nicht, als ich eines Tages eine Idee hatte, wie ich mir den Aufenthalt in den Städten der Welt interessanter gestalten konnte. Das war, als ich mich an eine Physikstunde in der Schule erinnerte und an einen seltsamen Satz des Lehrers. Er hatte gesagt: „Das erste Objektiv der Welt war ein Loch."

7

Er hatte damals auch hinzugefügt: „Die simpelste Kamera der Welt ist die Camera

Obscura. 'Camera Obscura' ist Italienisch, heißt nichts anderes als ‚dunkle Kammer'".

Er zeigte uns ein schwarzes Kästchen aus Pappe.

„Vorne ist ein winziges Loch, mit einer Stecknadel gestochen. An der hinteren Wand, im Innern, befindet sich lichtempfindliches Fotopapier. In den Anfängen der Fotografie war das eine Kupferplatte, bestrichen mit Silbersalz, Silberjodid oder Silberbromid. Fällt Licht auf die Platte, scheidet sich dunkles Silber aus dem Salz. Wo viel Licht auf die Platte fällt, färbt sie sich dunkel. Wo wenig auftrifft, bleibt sie hell."

Der Lehrer ließ das Kästchen durch die Bänke reichen. Wir begutachteten das wirklich winzige Loch. Sonst war nichts Besonderes zu sehen.

Auf dem Experimentierpult vorne im Physiksaal stand ein Holzkasten. Vorne mit einer Linse, hinten mit einer Mattscheibe. Vor der Linse befand sich eine Kerze. Unser Lehrer ließ die Rollläden an den Fenstern herunter, verdunkelte den Saal, zündete die Kerze an. Wir mussten nach vorne kommen, die Mattscheibe betrachten, sahen, dass sich die Kerze mit der Flamme deutlich auf dem mattierten Glas abbildete.

„Was seht ihr? Ja, richtig. Die Kerze steht auf dem Kopf."

Er ließ die Rollläden wieder hoch, ging zur Tafel, zeichnete mit Kreide die Kerze und den Kasten, zog zwei Linien zur Linse hin, verlängerte sie zur Mattscheibe. Die obere Linie, die von der Flamme ausging, traf im Innern des Kastens den unteren Rand der Scheibe, die Linie vom Kerzenfuß traf den oberen Rand. Die Kerze musste also auf dem Kopf stehen. Das leuchtete uns ein.

„Das winzige Loch, das ihr an dem Pappkästchen gesehen habt, wirkt wie eine Linse", erklärte er weiter. „Man muss allerdings sehr lange belichten, damit ein Bild entsteht. Je nach der Empfindlichkeit des Fotopapiers kann das Stunden, Tage, Wochen oder sogar Monate dauern. Wo Licht auf das Papier trifft, entstehen Silberkeime, die man zunächst nicht sieht. Man muss mit einer Entwicklerlösung in einer Dunkelkammer nachhelfen. Damit man sehen und arbeiten kann, brennt in der Kammer eine rote Lampe. Das rote Licht ist so energiearm, dass es das Foto nicht verändert, uns aber hilft, sehen zu können. Nach dem Entwickeln haben wir jedoch ein Problem. Mit dem Papier können wir nicht einfach ins Helle gehen und es betrachten. Es würde sich, weil es noch unbelichtetes Silbersalz enthält, komplett schwarz färben. Wir müssen also in der Dunkelkammer das Silbersalz, das noch nicht mit Licht reagiert hat, vom Papier lösen, es ausschwemmen. Das geschieht im Fixierbad. Erst jetzt können wir mit dem Foto die Kammer verlassen und es im Hellen betrachten."

Ich hatte es damals als faszinierend empfunden, dass man mit einem Loch fotografieren konnte.

8

Ich ging einen weiteren Schritt zurück in die Anfänge der Fotografie. Jetzt wurde es wirklich primitiv, das heißt ursprünglich. Ich fotografierte nicht mehr mit der Synchro-Box, sondern begann mit kleinen, schwarzen, zylinderförmigen Filmdosen zu experimentieren. Diese Dosen aus Plastik dienten der Aufbewahrung von Filmen, die man immer noch für analoge Kameras kaufen konnte. Auch leere Dosen waren im Angebot. Mit einer Nadel stach ich ein Loch in die Mitte, ging in die Dunkelkammer, schnitt Fotopapier ISO 10, zurecht, also eins mit geringer Lichtempfindlichkeit, öffnete den Deckel der Dose, schob das Papier hinein, schloss den Deckel wieder. So hatte ich eine simple Camera Obscura.

Die erste befestigte ich mit Kabelbinder am Geländer meines Balkons, so dass das winzige Loch auf das Haus gegenüber zeigte. Nach einer Woche löste ich die Dose vom Geländer, ging mit ihr in die Dunkelkammer, öffnete den Deckel, zog das Papier heraus, legte es in die Entwicklerlösung. Langsam erschienen Linien, Konturen und schließlich konnte ich das Haus deutlich unter dem roten Licht erkennen. Die Kamera funktionierte.

Ich nahm nun Fotopapier mit der allergeringsten Empfindlichkeit, wiederholte den Vorgang, belichtete einen ganzen Monat lang. Das Ergebnis war das gleiche. Nur hatten sich schon ohne Entwickler graue Konturen abgezeichnet, die sich dann in der Schale mit der Lösung rasch verstärkten. Wieder konnte ich das Haus deutlich erkennen. Dieses Mal zeigten sich Schatten in einigen Fenstern. Dort war ein

Mensch gewesen. Die Vergangenheit hatte ich mit der Camera Obscura eingefangen als Spur auf dem Fotopapier.

Manche Filmdosen ließ ich sogar für zwei oder auch drei Monate am Geländer und stellte in der Dunkelkammer verblüfft fest, dass schon ein Bild entstanden war, das ich nicht mehr entwickeln, sondern nur noch fixieren musste. Bei der Dose, die für drei Monate draußen hing, hatte es sich sogar in zarten Tönen gefärbt. In Grün, Blau, Gelb und Rot. Eine Erklärung dafür fand ich nicht. Ließ man dem Licht lange genug Zeit, führte das zu überraschenden Entdeckungen. Reproduzierbar mit dem exakt gleichen Ergebnis war das nicht. Das Licht machte, was es wollte.

Ich ging nun mit einer zu Hause präparierten Dose an den Rhein, befestigte sie mit Kabelbinder an einem abseits stehenden Bäumchen, richtete das Nadelloch auf Rhein und Himmel, hoffte, dass meine Camera Obscura nicht auffiel und dass sie nicht entfernt würde. Nach einer Woche ging ich zu der Stelle zurück. Die Dose klemmte noch am Stamm. Zu Hause entwickelte ich das Bild, sah die Schiffe wie in einem etwas verschatteten Streifen, aber noch mit erkennbaren

Konturen. Darüber, wie ein Regenbogen spannte sich die helle Bahn der Sonne. Die nächste Dose ließ ich für drei Monate dort und hatte als Ergebnis ein geheimnisvolles, buntes Bild, als sei es von impressionistischer Malkunst geschaffen. Alle Dinge rückten in eine zweite, andere Wirklichkeit.

Ich dachte an eine weitere Ausstellung. Da ich die kleinen Streifen aber nicht mit dem Projektor vergrößern konnte, ich bekäme nur ein schwarzweißes Bild, ließ ich die Idee fallen. Ich hätte die Miniaturen zwar mit einer Digitalkamera fotografieren und dann vergrößern können. Aber diese Ehre wollte ich der digitalen Welt nicht antun.

Die Experimente mit den Filmdosen hatte ich begonnen, weil ich sie mit auf meine Reisen nehmen und in den fremden Städten an besonderen Orten unauffällig anbringen wollte. Bei meinem zweiten Besuch, wir flogen ja immer die gleichen Strecken, würde ich sie wieder mit nach Hause nehmen und das Ergebnis in der Dunkelkammer betrachten. Sicher, mit Verlusten war zu rechnen. Manchmal flogen wir erst nach einem oder auch zwei Monaten wieder nach Bangkok, Manila,

Singapur und all die anderen Städte. Da konnte die Dose leicht jemand entdecken und sie entfernen. Aber die langweilige Routine meiner Flüge und Aufenthalte wäre jetzt unterbrochen. Mit Spannung würde ich die Orte aufsuchen, an denen ich meine Camera Obscura versteckt hatte.

9

Der erste Flug mit der Camera Obscura war nach Bangkok. Ich hatte zwei zu Hause präparierte Filmdosen im Koffer. Eine für Bangkok, die andere für Singapur, wohin wir weiterfliegen wollten. Das Objektiv, also das winzige Loch in der Mitte, war mit schwarzem Klebeband verschlossen. Zum ersten Mal nach langer Zeit freute ich mich wieder über meine Arbeit, kam mir vor wie auf einer geheimen, spannenden Mission, von der nur ich wusste. Als das strahlende Gesicht der Airline begrüßte ich die Fluggäste vorne an der Tür der B 747. Ich stand dort zusammen mit Kira, einer Teamkollegin, mit der ich schon öfter geflogen war. Ihre Eltern waren aus Afghanistan geflohen, Kira selbst in Deutschland geboren. Sie war von allen Kolleginnen die, mit der ich mich am besten verstand. Waren wir am Reiseziel angekommen, gingen wir abends zusammen in ein Restaurant oder manchmal auch in eine Disco. Kira war hübsch, charmant, einfühlsam, dreißig Jahre alt, lebte allein. Aber wir waren nur Freunde. Sonst war da nichts.

Manchmal machte sie aber neckische Bemerkungen. Ich wusste nicht, ob sie mich auf den Arm nehmen wollte oder ob etwas anderes dahinter steckte.

„Max, wie alt bist du?"

„Weißt du doch."

„Und wie lange willst du noch warten?"

„Worauf?"

„Worauf? Auf eine Frau natürlich. Oder willst du es erst im Seniorenheim versuchen?"

„Wäre nicht schlecht", erwiderte ich. „Dann käme man vielleicht glatt durchs Leben."

„Vermisst du keine Freundin?"

„Nein."

Hier hatte ich gelogen. An manchen Tagen, wenn ich alleine zu Hause war, befiel mich so etwas wie Melancholie. Ich vermisste die Wärme an weiblicher Haut, die Berührung, die Zärtlichkeit, das

Zusammensein. Aber irgendetwas in meinem Innern, was ich mir nicht erklären konnte, rief mir zu: „Jetzt noch nicht!"

„Mit Lena ist nichts mehr?" fragte Kira.

„Nein. Ich habe sie bisher nicht wiedergesehen. Nur einmal eine Karte bekommen, damit ich wusste, dass sie mit Mehmet unterwegs ist. Vielleicht ist sie in der Türkei geblieben."

„Kein Telefonanruf?"

„Nein, sie ignoriert mich. Eigentlich albern nach vier Jahren Beziehung. So schlecht war die Zeit ja gar nicht. Auch wenn es immer wieder seltsame Pausen gab. Das Telefon kannte sie dann nicht, verstand es nicht, Konflikte zu lösen. In diesen Pausen nannte ich sie bei mir ‚Häuptlingstochter stumme Socke'."

„Hast du denn bei ihr angerufen?"

„Ja. Aber sie hat das Gespräch nicht angenommen. Auch auf SMS hat sie nicht geantwortet."

„Hmm", meinte Kira, „das sieht nach Methode aus. Psychologische Kriegsführung. Mit Empathie oder Liebe hat es nichts zu tun. Sie hat gewusst, dass du darunter leiden würdest. Vielleicht wollte sie auch eigenen Interessen nachgehen, von denen du nichts geahnt hast. Wer weiß?"

„Mag sein. Aber warum fragst du überhaupt nach Lena?"

„Ach, nur so."

10

„Max, dir geht es heute aber gut", meinte Kira, als wir vorne an der Tür des Fliegers standen und auf die Passagiere warteten. „Du wirkst so fröhlich und aufgeräumt. Liegt das an unserem Reiseziel, an Bangkok? Oder hat die Liebe endlich zugeschlagen?"

Was sollte ich darauf antworten? „Ich freue mich wegen der Camera Obscura", konnte ich nicht sagen. Da hätte ich lange und umständliche Erklärungen abgeben müssen, für die keine Zeit war. Die Ausrede „Ja, ich freue mich auf Bangkok!" war verfänglich, denn die Stadt mit ihren Vergnügungsmeilen hatte einen gewissen Ruf. Was eigentlich ungerecht war. Die wirklichen Attraktionen waren die goldenen Tempel, das bunte, quirlige Treiben am Fluss, am Chao Phaya, die Essensstände, wo die Flammen aus den

Pfannen schlugen, und überhaupt die turbulente Atmosphäre, die so ganz anders war als das Leben im eher steifen, etwas eingefrorenen Deutschland. „Ja, mich hat die Liebe erwischt", konnte ich auch nicht sagen. Es stimmte nicht und hätte bei Kira nur eine noch größere Neugierde hervorgerufen. Ich hätte mich in irgendwelche Phantasien flüchten müssen. So antwortete ich nur, mir fiel nichts anderes ein: „Ich habe endlich mal wieder gut geschlafen. Zwölf Stunden lang. Das ist alles."

Wir waren am späten Abend von Frankfurt gestartet, kamen nach elf Stunden in Bangkok an. Wegen der Zeitverschiebung war es dort schon Nachmittag. Die Lufthansa hatte sich nicht lumpen lassen. Wir logierten in einem Fünf-Sterne-Hotel, dem ‚Siam Mandarina', das nur zwei Kilometer vom Flughafen entfernt war. Der Weiterflug nach Singapur sollte übermorgen sein. Ich hatte also einen ganzen Tag Zeit, um mir einen Ort für mein Filmdöschen auszusuchen.

Am Morgen, kaum dass die Sonne aufgegangen war, steckte ich mir eine Filmdose und ein paar Kabelbinder verschiedener Länge in die Hosentaschen, trank rasch eine Tasse Kaffee in der Loggia und fuhr mit einem Taxi zum Chao Phaya. Ich wollte einen der kleineren Tempel suchen, nicht das von Touristen umlagerte Wat Phra Keo, den berühmten Tempel des Goldenen Buddha. Ich landete in einem Vorort Bangkoks, in Pakret. Es war die Zeit, als die Mönche in ihren goldgelben Roben mit ihren Almosenschalen durch die Straßen zogen. Ich liebte diese alltägliche und für Thailand normale Gegenwart der Religion. So etwas fehlte in der zumeist materialistischen Welt des Westens. Es tat der Seele gut, relativierte die Sinnlosigkeit eines Lebens, das Glück und Wohlbefinden an ökonomischen Standards festmachen wollte.

In Pakret, unmittelbar am Fluss, fand ich einen kleinen Tempel mit dem typischen Giebeldach, aus dem in Rot und Gold Flammen zu züngeln schienen. Stufen führten hoch zu einer offenen Sala, wo auf einer Empore ein goldener Buddha thronte und mit einem geheimnisvollen Lächeln den Besuchern entgegensah. Ein paar Meter vor der Empore, also tiefer, war für Kerzen und Räucherstäbchen ein schwarzer Ständer aus Stahl aufgebaut, so wie man ihn für die Opferlichter aus unseren Kirchen kennt. Hier knieten barfuß die Tempelbesucher, hielten einen Bund glimmender Räucherstäbchen in den erhobenen und gefalteten Händen und beteten. Die Schuhe standen an der untersten Stufe der Eingangstreppe.

Rund um den Tempel gab es Mangobäume mit einer ausladenden, rundlichen Krone, die sich bis auf einen Meter der Erde näherte. Der Stamm ist im Vergleich zur Baumkrone recht schmal und dünn und hat längs eine rissige, graubraune Borke. Ich wählte einen Baum, von dem aus man einen Blick auf den Tempeleingang hatte, fand an seinem Stamm einen tiefen Längsriss in der Borke und klemmte die Filmdose so hinein, dass das winzige Loch genau auf den Opferständer und den Buddha zeigte. Auf die Befestigung mit dem eher auffälligen Kabelbinder verzichtete ich. Ich entfernte den Klebestreifen vor dem Objektiv, trat ein paar Meter zurück, betrachtete den Stamm des Mangobaums. Meine Camera Obscura fiel kaum auf. Laut Einsatzplan sollte ich in drei Wochen zurück nach Bangkok kommen.

Am nächsten Tag ging es südlich nach Singapur. Ich liebte den Anflug auf diese Metropole, die, mit dem malaiischen Festland nur durch einen Damm verbunden, ein Stadtstaat ist. Der Flieger dreht eine Schleife über dem Chinesischen Meer, sinkt tiefer, man sieht die Tanker vor der Küste liegen, die Skyline taucht auf, dann nähert sich die Landebahn des Changi-Airports. Vor dem Weiterflug zurück nach Frankfurt hatten wir wieder einen ganzen Tag Aufenthalt. In Nähe des Flughafens bezogen wir Quartier im ‚Ambassador Terminal 3'. Ich hatte ein Zimmer mit Blick auf die Netze eines Schmetterlingsgartens und konnte vom Fenster aus beobachten, wie die bunten Falter durch die Luft schwebten, sich schaukelnd auf roten Hibiskusblüten niederließen.

Wir waren am Nachmittag in Singapur gelandet. Der Flug war nicht anstrengend gewesen, hatte nur zweieinhalb Stunden gedauert. Ich fühlte mich frisch und munter, fuhr am Abend mit dem Taxi in die City, ging in die Diskothek Rasa Sayang. Ich kannte diese Disco, liebte es, von den Thaifrauen, die dort auf Kundschaft warteten, an der Bartheke angesprochen zu werden, mich mit ihnen auf Englisch zu unterhalten. Sie hatten einen wunderbaren Charme, ein freundliches Lächeln, waren mit Gold behangen. Ich fand sie einfach umwerfend schön und feminin. Ich widerstand aber der Versuchung, ihnen gegen Bezahlung zu folgen, wusste, dass mich der Abschied traurig machen und ein fades Gefühl hinterlassen würde. So blieb es an der Bartheke nur bei Geplänkel und Flirts, denen meinerseits ein kopfschüttelndes „Nein!" folgte, wenn sie mich aufforderten mitzukommen. Ich suchte Liebe, Beständigkeit und kein Abenteuer für eine Nacht.

Auch Singapur hat viele Tempel. Im thailändischen Stil mit dem rotgoldenen Flammengiebel, taoistische mit blauem Ziegeldach, hinduistische mit dem mythischen Weltenberg als Dachform. Aber dieses Mal wollte ich keinen Tempel nehmen, sondern etwas anderes. Am nächsten Tag fuhr ich wieder in die City, spazierte am Meer entlang, überlegte, die zweite Filmdose in Nähe einer Löwenfigur, dem Wahrzeichen Singapurs, anzubringen, war unschlüssig, zögerte und spazierte schließlich ein paar hundert Meter weiter zu einer Konzerthalle, der ‚Victoria Concert Hall'. Ich traf den Moment, in dem gerade eine Gruppe von Musikern mit ihren Kästen und Schatullen für Violinen, Klarinetten und Flöten sich dem von einem Bogen überwölbten Portal näherten. Es war Mittag. Wahrscheinlich trafen sie sich zu einer Probe. Mir fiel auf, dass sich kein Gesicht asiatischer Prägung darunter befand. Ich vermutete, dass es sich um ein Gastspiel eines ausländischen Orchesters handelte.

Ich wartete, bis die Gruppe in der Halle verschwunden war und beschloss, meine Camera Obscura mit dem Kabelbinder am Stamm eines nahen, noch jungen und schlanken Tamarindenbaums zu befestigen. In mittlerer Entfernung zwischen dem Baum und dem Eingangsportal blühte ein Hibiskusstrauch. Ich entfernte den Klebestreifen vor dem Nadelloch und richtete es in Augenhöhe auf den Eingang des Konzertgebäudes.

Ich hatte geglaubt, unbeobachtet die Filmdose anbringen zu können. Aber da kam noch eine Nachzüglerin, eine junge Frau mit einem Geigenkasten in der Hand.

Sie blieb für einen Moment vor dem Portal stehen, sah zu dem Hibiskusstrauch, der in diesem Moment von Bienen umschwärmt wurde, sah auch zu mir herüber. Der Strauch und der Baum lagen auf einer zum Eingang hin verlängerten Linie. Vielleicht verwunderte sie sich, was ich an der Tamarinde zu schaffen hatte. Aber wohl eher ging es ihr um die Schönheit der Blüten, die in der Sonne rot leuchteten. Sie öffnete die Eingangstür, verschwand. Ich machte mir keine Sorgen, dass mein Vorhaben entdeckt worden war, ging zu dem Punkt zurück, wo die Frau mit der Geige gestanden hatte, sah zu dem Tamarindenbäumchen hin, war beruhigt. Es waren etwa fünfzig Meter. Nein, aus dieser Entfernung konnte man nichts sehen. Man hätte es schon genau wissen müssen, um den kleinen, schwarzen Fleck zu entdecken. Auch nach Singapur würde ich in drei Wochen zurückkommen und zu Hause in der Dunkelkammer sehen, was aus der Aufnahme geworden war.

12

Voller Ungeduld wartete ich auf die nächsten Flüge nach Bangkok und Singapur. Dazwischen hatte ich Einsätze nach Lissabon, Kopenhagen, Moskau, San Franzisko. In Moskau versteckte ich keine Obscura. Es schien mir zu gefährlich. Man hätte mich leicht der Spionage verdächtigen können. Ebenso waren mir in dieser Hinsicht die USA bedenklich.

In Lissabon aber befestigte ich eine Filmdose unten am Tejo, am Platz der Seefahrer, wo man von Alfama hinübersah auf den Stadtteil Almada. Fähren kreuzten den breiten Arm des Flusses, der bald darauf in den Atlantik mündet. Ich hatte mir für die Kamera das Regenrohr eines Cafés ausgesucht, den Besitzer über mein Vorhaben aufgeklärt. Wann ich nach Lissabon, in die weiße Stadt, zurückkehren würde, war ungewiss. Deshalb hatte ich ihn gebeten, die Obscura nach drei Monaten abzunehmen und das Nadelloch mit einem schwarzen Klebestreifen zu verschließen, falls ich bis dahin nicht zurückgekommen war. Er war einverstanden. Ich gab ihm eine ganze Rolle mit den Streifen.

Eine weitere Obscura befestigte ich in Kopenhagen in einem Busch, der etwa zehn Meter von der Figur der Meerjungfrau entfernt war. Sie saß auf einem Findling, der nahe am Ufer im Wasser stand. Die Skulptur galt als das kleinste Wahrzeichen der Welt. Auf einem schmalen, mit Steinplatten gepflasterten Dammstreifen versammelten sich hier immer viele Touristen. Ich hatte mich über die Geschichte der Meerjungfrau informiert, wusste, dass ihr ein Märchen von Andersen zugrunde lag. Ich fand dieses Märchen, das von der Liebe handelte, traurig und schön zugleich.

Ein Meerkönig hatte sechs Töchter. Als die jüngste und schönste 15 Jahre alt war, durfte sie zum ersten Mal auftauchen. Sie hörte Musik von einer Party, die ein Prinz auf einem Boot feierte. Ein Sturm kam auf, das Boot kenterte. Da rettete die Meerjungfrau den Prinz, brachte ihn ans Ufer. Sie verliebte sich. Aber wie nur sollte es wegen ihrer Schwanzflosse zu einer Verbindung kommen? Sie tauchte wieder in die Tiefe der See, besuchte eine Meerhexe. Die gab ihr einen Trunk, der die Flosse in Beine verwandelte. Für den Trunk musste die Meerjungfrau jedoch ihre Zunge opfern, konnte nicht mehr sprechen und es hieß, dass sie sterben müsse, sollte der Prinz eine andere Frau heiraten. Sie ging auf den Handel ein, tauchte wieder auf, traf den Prinz. Der fragte sie, wo sie herkomme. Sie aber konnte nicht antworten. Da heiratete der Prinz, obwohl er sie sehr gern hatte, eine andere. Nun tauchten die Schwestern der Meerjungfrau auf, um ihr zu helfen. Sie gaben ihr ein Messer, das sie von der Meerhexe bekommen hatten. Damit sollte sie den Prinzen ins Herz stechen. Ihre Beine würden dann wieder in eine Flosse verwandelt werden. Sie aber, als sie den Prinz schlafen sah, brachte es nicht fertig, ihn zu töten. Sie sprang zurück ins Meer, löste sich in Schaum auf, verwandelte sich in einen Luftgeist.

Ich überlegte, wie ich an Stelle des Prinzen gehandelt hätte. War die Sprache so wichtig? Die Meerjungfrau hatte ihm das Leben gerettet. Da hätte er auch mit ihr die Zeichen der Taubstummensprache lernen können. Ich hielt den Prinzen für dumm und undankbar. Wie konnte er, obwohl er sie sehr gern hatte, zurückweisen? Mich dagegen berührte die

Meerjungfrau. Wie sie sich verhalten hatte,
das war echte Liebe.

13

Und dann kam jener 16. Mai, der mein
Leben verändern sollte. Wir waren am 14.
in Bangkok gelandet, blieben zwei Nächte
im ‚Siam Mandarina'. Ich war am nächsten
Tag nach Pakret gefahren, stellte zufrieden
fest, dass die Filmdose immer noch in der
Borke des Mangobäumchens steckte und
mit dem ‚Objektiv' auf den Tempeleingang zeigte. Ich verschloss mit einem
Klebestreifen das Nadelloch, durchschnitt
mit einem Taschenmesser den Kabelbinder, steckte die Obscura in die
Hosentasche, fuhr zurück zum Hotel.

Am 16. kamen wir mittags in Singapur
an, checkten im Ambassador ein. Kira
gehörte wieder mit zum Team. Ich trank
mit ihr eine Tasse Kaffee in der Lounge,
sagte: „Ich fahr jetzt in die City, muss noch
was erledigen."

„Oh, schön!" meinte sie. „Ich komme
mit."

„Nein, nein!" wehrte ich ab. „Das muss
ich alleine machen."

Sie sah mich erstaunt an. „Geheime Mission, Max? Hast du ein Rendezvous?"

„Kann man so sagen", antwortete ich vieldeutig.

„Erzählst du mir davon?"

„Später vielleicht. Jetzt nicht."

Ich ließ mich mit dem Taxi zur Victoria Concert Hall bringen. Hier ging ich über einen nach englischer Manier kurz geschorenen Rasen zu dem Tamarinden-bäumchen, war gespannt, ob meine Kamera noch an den schlanken Stamm gebunden war, rechnete damit, dass irgendein Gärtner, der für den korrekten Schnitt des Rasens sorgte, sie entdeckt und entfernt hatte. In Singapur achtete man sehr darauf, dass alles sauber und korrekt war. Eine Filmdose hatte an einem Baumstamm nichts zu suchen.

Als ich näherkam, sah ich, dass die Obscura immer noch am Stamm befestigt war. Und als ich noch näher kam und nur ein paar Schritte entfernt war, sah ich in der Mitte der schwarzen Dose, dort wo das Nadelloch war, einen hellen, sich vorwölbenden Fleck. Dann stand ich unmittelbar vor meiner Kamera und bemerkte verwundert, dass das Nadelloch mit einem Kaugummi verschlossen war.

Jemand musste also die Obscura entdeckt und sogar gewusst haben, wozu sie diente. Das Nadelloch war winzig. Man sah es eigentlich nur, wenn man mit solch einer Kamera und ihrer Funktion vertraut war. Bis dahin hatte ich geglaubt, der Einzige auf der Welt zu sein, der Filmdosen versteckte, um damit Aufnahmen zu machen. Hatte ich jetzt einen Konkurrenten oder hatte mir jemand nur einen Streich spielen wollen?

Ich entfernte den Kaugummi, bemerkte verblüfft, dass das winzige Nadelloch vergrößert war, so dass die Belichtungszeit erheblich kürzer sein musste. Ich verschloss das Loch mit einem schwarzen Streifen, löste die Dose vom Baum, steckte sie in die Hosentasche. Den Kaugummi wickelte ich ein Tempotuch, steckte es ebenfalls ein. Denn wenn man in Singapur einen Kaugummi wegwarf, waren 500 Dollar Strafe fällig.

Auf der Fahrt ins Hotel rätselte ich darüber, wer und wozu mir jemand das Objektiv verschlossen hatte. Wann war das gewesen? Am selben Tag noch, als ich die Kamera angebracht hatte? Ein paar Tage später, ein oder zwei Wochen danach? Das Fotopapier würde sich wahrscheinlich noch in der Dose befinden. Sonst machte der Kaugummi keinen Sinn. Auf jeden Fall würde ich zu Hause auch dieses Papier entwickeln und war gespannt, was sich dann zeigte.

Als ich vor dem Hotel aus dem Taxi stieg, kam Kira gerade heraus.

„Oh!" bemerkte sie. „Das war aber kurz, Max. Habe erst heute Abend mit dir gerechnet. Du siehst so nachdenklich aus. Was ist passiert?"

Sie sagte das in einem etwas spöttischen Ton, so dass mir der Verdacht kam, sie weiß, wo ich war. Vielleicht ist sie mir damals heimlich gefolgt, als ich die Filmdose an dem Tamarindenbäumchen befestigt habe. Vielleicht hat sie mir diesen Streich gespielt. Aber war das nicht zu absurd, zu unwahrscheinlich? Das würde ich rasch herausbekommen.

„Komm, Kira", sagte ich, „trinken wir noch einen Kaffee! Dabei erzähle ich dir, was ich mache."

Sollte sie doch ruhig wissen, was mich in Singapur umgetrieben hatte.

14

Ich zeigte Kira die Filmdose, erklärte, was ich damit machte.

„Oh!" sagte sie. „Interessant. Mein Vater hat in Kabul als Straßenfotograf gearbeitet. Kennst du die afghanische Box? Er hat mir davon erzählt."

„Afghanische Box? Nein, kenn ich nicht. Was ist damit?"

„Das ist im Prinzip eine Polaroid-Kamera. Das Bild wird in der Kamera entwickelt und fixiert. Stell dir einen großen Holzkasten mit Objektiv vor. Innen befinden sich zwei Schalen mit dem Entwickler und dem Fixierbad. Und ein Vorrat an Fotopapier. An der Seite der Box ist ein ärmelförmiges, schwarzes Tuch, durch das man, ohne dass Licht in die Kamera fällt, mit der Hand hineingreifen kann, um innerhalb der Box zu arbeiten. Mein Vater hat draußen auf der Straße Porträts gemacht. Das Negativ hat er dann herausgenommen, ein Gestell vor der Kameralinse hochgeklappt, die Aufnahme dort fixiert, sie fotografiert und so ein Positiv erhalten. Natürlich alles nur in Schwarzweiß. Die Kunden brauchten diese Fotos für Ausweispapiere oder ließen sich auch zusammen mit ihrer Liebsten ablichten, um ein Souvenir zu haben."

„Hat er dir auch von der Camera Obscura erzählt?"

Sie zögerte mit der Antwort, schien zu überlegen, sagte schließlich:

„Nein, hat er nicht. Jedenfalls erinnere ich mich nicht daran."

Ihr Zögern verunsicherte mich. War sie mir vielleicht doch gefolgt und hatte mir diesen Streich gespielt?

Ich erzählte von dem Kaugummi und der vergrößerten Blende, fragte rundheraus:

„Kira, hast du gesehen, wie ich die Filmdose dort angebracht habe und wolltest mir einen Streich spielen?" Ich sah sie dabei prüfend an, ob sie verlegen würde.

Sie legte die Stirn in Falten, schüttelte den Kopf. „Wie kommst du darauf? Warum sollte ich? Ich spioniere dir doch nicht hinterher. Du spinnst, Max!"

„Dann muss es jemand anders gewesen sein. Aber warum? Wer kennt sich mit so etwas aus? Das Nadelloch ist völlig unscheinbar. Wer vergrößert es mit einem Nagel oder einer Schraube und verschließt es dann?"

„Was weiß ich!?" antwortete Kira. „Finde es doch selbst heraus und lass dich überraschen!"

Dieser Satz machte sie mir verdächtig. Was würde das Fotopapier nach dem Entwickeln zeigen?

15

Auf dem Rückflug nach Frankfurt war ich unkonzentriert. Als ich mit der Crew, bevor die Passagiere in die Maschine kamen, die Kabine kontrollierte, ob alles sauber und in Ordnung war, übersah ich, dass an zwei Plätzen die Flugmagazine fehlten, verzählte mich bei den Mahlzeiten, die an Bord waren, verhaspelte mich, als ich die Funktion von Schwimmweste und Sauerstoffmaske erklärte.

„Was ist los, Max?" fragte mich Kira. „Denkst du immer noch an deine Filmdose und den Kaugummi?"

Es war seltsam. Irgendwie hatte ich die Ahnung, dass in Singapur etwas Besonderes passiert war. Vielleicht aber war ich einfach nur überspannt. Denn ich glaubte, dass nichts in der Welt Zufall war. Alles musste für mich eine Bedeutung haben. Dass mir Lena davongelaufen war, sah ich als Wink höherer Mächte. Sie war eben nicht die Richtige für mich. Dass ich mich der analogen Fotografie zugewandt hatte, war nur geschehen, damit ich hinter die Dinge sehen konnte und Vorgänge begriff. Dass ich Flugbegleiter geworden war, diente nur dazu, mir in Singapur einen Kaugummi auf ein Nadelloch kleben zu lassen. Von den Begriffen Zufall, Schicksal, Fügung spielte bei mir der Zufall keine Rolle. Sicher, das mag verrückt scheinen, Kausalitäten herzustellen, wo dem Anschein nach keine sind. Warum sollte, wenn mir ein Vogel vor die Balkonscheibe knallt und sich das Genick bricht, in China ein Sack Reis umfallen? Da gab es keinen Zusammenhang. Oder doch? War die Welt nicht geheimnisvoller als man sich gemeinhin eingestand? War sie nicht von geheimen Fäden durchwoben, die wir nicht durchschauten? Warum hatte ich ausgerechnet vor der Victoria Concert Hall die Filmdose angebracht? Ich hätte sie genauso gut und zufällig in Nähe des Singapur-Löwen befestigen können. Das war meine freie Wahl gewesen. Oder doch nicht?

Diesen Überlegungen hing ich während des Fluges nach. Kira beobachtete mich, half, griff ein, wenn ich mich beim Service mit der Sitzplatznummer vertat. Schließlich sagte ich mir selbst:

„Max, du spinnst! Da hat rein zufällig jemand deine Filmdose entdeckt, gewusst, wozu sie dient und einen Kaugummi auf das Loch geklebt. Und vorher hat er oder sie, ich dachte an Kira, das Loch vergrößert, um einen Blick in das Innere werfen zu können."

Solchermaßen brachte ich mich zur Räson, gab dem Verstand wieder die Oberhand, beschloss, den Fatalismus zu zügeln und meine Neugierde in die Schranken zu weisen. Zu Hause angekommen würde ich zuerst das Tempelfoto aus Bangkok entwickeln, gleichgültig eine Pause einlegen und mich dann erst dem Papier von der Konzerthalle zuwenden, falls es überhaupt noch in der Filmdose war.

16

Zu Hause legte ich die Dose aus Singapur in eine Schublade, wollte zunächst nur sehen, was aus dem Tempelfoto geworden war. War überhaupt etwas daraus geworden? Das Licht in Thailand war besonders intensiv und drei Wochen konnten zu lang gewesen sein. Vielleicht würde beim Eintauchen in den Entwickler sofort alles schwarz. Überbelichtet.

Aber wie erstaunt war ich, als ich nach dem Fixieren ein Foto betrachten konnte, auf dem die Menschen am Opferständer nur als verschwommene, ineinander übergehende Schemen zu sehen waren, während sich dahinter klar umrissen, aber vom aufsteigenden Rauch der Räucherstäbchen wie von einem zarten Schleier umhüllt, der Buddha zeigte. Sein rätselhaftes Lächeln war deutlich zu erkennen. Es lag etwas Geheimnisvolles in diesem Bild. Der Menschenstrom unten verging, tauchte schattenhaft ins Wesenlose, in die Anonymität. Der Buddha aber blieb, als hätte er die Ewigkeit einer anderen Welt, einer unvergänglichen Beständigkeit.

Ich glaubte eins meiner besten Fotos gemacht zu haben, vergrößerte es mit dem Projektor auf DIN-A-4, umgab es mit einem goldenen Rahmen, hängte es im

Wohnzimmer auf. Eine Weile dachte ich nicht mehr an die Filmdose aus Singapur, bis Kira an diesem Tag, am Nachmittag, anrief.

„Max, was ist aus dem Singapurfoto geworden? Hast du es schon entwickelt?"

Sie war neugierig, was sie mir wieder verdächtig machte.

„Nein, noch nicht", antwortete ich. „Zuerst war Bangkok dran. Das Tempelfoto ist ganz gut geworden. Man sieht den Buddha, kann die Menschen aber nicht mehr erkennen. Wenn du willst, komm und schau es dir an. Ich lade dich zum Kaffee ein. Was die Filmdose aus Singapur zeigt, können wir ja gemeinsam in der Dunkelkammer untersuchen."

Ich hatte das spontan so gesagt, um sie auf die Probe zu stellen. Hatte sie etwas mit dem Kaugummi zu tun, wäre ihr das sicher unangenehm. Dass man eine Kollegin nicht so einfach zu sich in die Dunkelkammer einlädt, hatte ich in diesem Moment nicht bedacht.

„Geht leider nicht, Max", erklärte sie. „Ich bin nachher mit einer Freundin verabredet."

„Ausrede!" überlegte ich. Mein Verdacht verstärkte sich.

„Wenn du willst, kann ich dich ja heute Abend oder auch Morgen anrufen und dir sagen, was ich gesehen habe."

„Mach das! Aber heute Abend nicht vor Zehn."

Jetzt konnte ich meine Neugierde nicht mehr zügeln, holte die Filmdose aus der Schublade und ging in die Dunkelkammer.

17

Ich öffnete die Dose. Das Fotopapier schmiegte sich, so wie ich es eingeschoben hatte, entlang der Rundung. Ich bereitete frische Entwicklerlösung, legte unter dem Rotlicht das Papier in die Schale. Die ersten zarten Andeutungen einer Kontur zeigten sich. Das Foto war nur schwach belichtet. Ich hoffte, dass der Entwickler, ließ ich das Foto lange genug in der Lösung, die Linien stärker hervorbringen würde. Drei ungewöhnlich lange Minuten vergingen. Dann konnte ich die Umrisse eines Gesichts sehen. Und nach einer weiteren Minute noch etwas. Es war der Hals einer Violine. Zu erkennen waren Wirbel und ein Teil des Griffbretts. Da erst erinnerte ich mich an die Frau mit dem

Geigenkasten. Sie war für einen Augenblick stehen geblieben, hatte zu mir rübergeschaut, als ich die Filmdose am Tamarindenbaum befestigte.

Ich fixierte das Foto, vergrößerte es, um mehr zu erkennen. Als ich mit der Vergrößerung in das helle Licht des Tages trat, sah ich das Portät einer ausgesprochen schönen Frau, die lächelte und in die Camera Obscura sah, als wolle sie sagen: „Na, was machst du da?" Eine leichte Unschärfe, was wahrscheinlich an der etwas zu großen Blende lag, machte einen geheimnisvollen Reiz. Die Frau mochte, wie ich schätzte, etwa dreißig Jahre alt sein. Das Gesicht war kein asiatisches. Sie würde zu den anderen Musikern gehören, die vor ihr in die Konzerthalle gegangen waren.

Ich leistete Kira Abbitte. Von dem Foto konnte ich mich lange Zeit nicht lösen, verwunderte mich über das, was geschehen war. Sie musste nach der Probe zu dem Tamarindenbaum gegangen sein, hatte, womit eigentlich?, das Nadelloch vergrößert, die Violine aus dem Kasten genommen, sich eine Zeit lang vor die Camera Obscura gestellt und dann das Loch mit einem Kaugummi verschlossen, damit das Porträt nicht vom Licht der Umgebung überlagert wurde. Der Vorgang war rätselhaft. Warum hatte sie das getan? In mir wuchs das Verlangen, sie kennenzulernen, sie zu fragen. Aber wie sollte ich das anstellen? Welches Orchester hatte da in Singapur ein Gastspiel gegeben?

Ich fuhr meinen Computer hoch, ging auf die Seite des SSO, des Singapore Symphony Orchestra. Ich hatte mich getäuscht. In dem Orchester spielten nicht nur Einheimische, sondern es waren auch zahlreiche nichtasiatische Musiker zu sehen. Meine rätselhafte Dame musste also nicht unbedingt zu einem Gastorchester gehören. War es ein Gastspiel, so musste es vor etwa drei Wochen gewesen sein.

Ich ging auf das Programm der Konzerte in der Victoria Concert Hall, klickte mich in das Archiv und fand unter dem Datum vom 24. April, das war der Tag, an dem ich die Kamera angebracht hatte, ein Gastspiel der Stuttgarter Philharmoniker. Dazu konnte sie gehören. Aber sicher war das nicht.

Ich gab bei Google ‚Stuttgarter Philharmoniker' ein. Die Website erschien mit Fotos und Namen der Orchestermitglieder. Bei den ersten und zweiten Violinen waren es fünfzehn Frauen. Eine eindeutige Zuordnung war mir wegen der Unschärfe meines Fotos nicht möglich. Aber eine große Ähnlichkeit zeigte sich bei einer Geigerin mit Namen Theresa. Sie spielte die erste Violine. Aber wie sollte ich das anstellen, wie sie kennenlernen? Gut war wenigstens, wenn meine Überlegungen stimmten, dass ich nicht nach Singapur fliegen musste, sondern nur nach Stuttgart. Da gab es schon am 22. Mai eine öffentliche Probe. ,Die Trojaner', Orchesterstücke von Berlioz. Und am 19. Juni ein Konzert. ,Lieben Sie Beethoven'. Ich sah mir meinen Dienstplan an. Der 22. Mai war frei. Am 19. Juni hatte ich Bereitschaft. Also kam nur der frühe Termin in Frage.

Ich schaute mir wieder und wieder das Foto aus der Obscura an, sah, dass sie um den Hals ein Amulett trug, vergrößerte den Ausschnitt auf ein erträgliches Maß der Unschärfe, rätselte, was sich auf dem in Gold oder Silber eingefassten Amulett für ein Insekt zeigte und kam schließlich zu der Überzeugung, dass es sich um eine Biene handelte.

Nun interessierte mich die Symbolik der Biene. Warum trug sie so etwas? Wieder ging ich ins Internet. Die Biene war nicht nur ein volksläufiges Symbol für Fleiß. Sie war auch ein Lichtwesen, ein Herrschaftssymbol für Königinnen, wurde ‚Marien-' oder ‚Herrgottsvogel' genannt, war Symbol der Reinheit, sogar Sinnbild des Heiligen Geistes. Im Märchen half die Biene, die richtige Braut zu finden. Und dann war sie auch noch das Symbol der Artemis, der Göttin der Jagd, des Waldes und Hüterin der Frauen. Sie war auch die Göttin der Fruchtbarkeit und des Frühlings, wenn in der Natur alles zu sprießen begann.

Ich überlegte, ob ich als Mitarbeiter der Lufthansa günstig fliegen oder mit dem Zug fahren sollte. Ich entschied mich für den Zug und buchte noch am selben Abend ein Ticket. Ich musste die Frau mit der Biene unbedingt kennenlernen.

18

Ich dachte an dem Abend auch an Kira, an mein Versprechen, rief sie an.

„Stell dir vor", sagte ich, „da ist tatsächlich auf dem Foto etwas zu sehen. Eine Musikerin hat sich mit der Geige vor die Filmdose gestellt und dann das Loch mit Kaugummi verklebt. Crazy, nicht wahr!"

„Ja, seltsam", bemerkte Kira. „Das muss doch was zu bedeuten haben. Warum macht sie das? Und woher weiß sie, dass da am Baum eine Camera Obscura hängt?"

„Keine Ahnung. Aber ich würde es gerne herausfinden."

„Wie denn?"

„Ich habe ihr Foto. An dem Tag, als ich die Filmdose am Baum befestigt habe, gab es ein Gastspiel der Stuttgarter Philharmoniker. Da spielt sie wahrscheinlich."

„Und? Willst du nach Stuttgart fahren?"

„Muss ich. Ich bin einfach zu neugierig."

„Wie willst du sie kennenlernen?"

„Weiß ich noch nicht. Ich hoffe, mir fällt etwas ein. Mein Foto ist leider etwas unscharf."

„Du hast also nur einen Verdacht, könntest auch die Falsche ansprechen?"

„Das Risiko muss ich eingehen."

„Oh, Max! In was für ein Abenteuer willst du dich da begeben!?"

„Ich will es wissen."

„Willst du alle Frauen fragen, wer sich vor deine Filmdose gestellt hat? Wieviele spielen überhaupt Geige in dem Orchester?"

„Fünfzehn."

„Oh Gott!"

„Naja, es gibt Ähnlichkeiten mit meinem Foto. Ich muss nicht jede ansprechen. Am meisten ähnelt es einer Violinistin mit dem Vornamen Theresa. Sie frage ich zuerst."

„Du bist verrückt, Max!"

„Mag sein. Aber wenn ich nach dem Foto auf der Website gehe, ist sie eine sehr reizvolle Frau."

„Du verliebst dich leicht?"

„Eigentlich nicht. Aber in diesem Fall… Das ist etwas Besonderes."

„Na, dann viel Glück! Ich tröste dich, wenn es schiefgeht."

„Das geht nicht schief. Das ist kein Zufall."

„Was denn?"

„Fügung, Schicksal."

„Du bist wirklich verrückt, Max!"

19

Hatte Kira recht? War ich wirklich verrückt? Aber der Vorfall war einfach zu seltsam, um ihm nicht auf den Grund zu gehen. Man stelle sich vor: Man richtet die Kamera in die Landschaft und dann hat man auf dem Bild nicht die Landschaft, sondern eine schöne Frau mit einer Violine. So ähnlich und ziemlich verblüfft fühlte ich mich bei dem Foto mit meiner Obscura. Crazy, nicht wahr!? Das rechtfertigte doch eine Fahrt nach Stuttgart. Oder etwa nicht?

Hinzu kam, dass ich das Foto von meiner Kamera immer wieder anschauen musste und auch das Porträt von Theresa auf der Website der Stuttgarter Philharmoniker. Sie hatte das Kinn auf die rechte Hand gestützt, schaute unverwandt und mit einem leisen Lächeln den Betrachter an. Das dunkelblonde Haar umrahmte ein ebenmäßiges, schmales Gesicht und fiel in sanften Wellen bis auf die Schultern. Die Augen schauten wissend und seelenvoll. Nur schade, dass der Arm auf dem Foto den Hals verdeckte, so dass ich nicht erkennen konnte, ob sie ein Amulett mit einer Biene trug. Ja, ich begann mich in das Porträt zu verlieben, je länger ich es betrachtete. Dass so etwas möglich war! Es war möglich. War nur ich verrückt oder auch Theresa? Wie kam sie dazu, so etwas mit meiner Camera Obscura anzustellen? Warum? Woher wusste sie, dass ich damit ein Foto machen wollte? Da war doch nur eine kleine, unscheinbare Filmdose am Stamm eines Tamarindenbaumes. Das Nadelloch war kaum zu bemerken.

Ich hatte ein Rätsel zu lösen. Hätte ich nach Singapur fliegen müssen, wäre ich geflogen, hätte Urlaub genommen oder sogar den Job gekündigt.

Jetzt aber musste ich mir erst einmal Gedanken machen, wie ich mit ihr ins Gespräch kam. Günstig war, dass es sich um eine öffentliche Orchesterprobe handelte. Da konnte man vielleicht Fragen stellen, mit dem Orchester in Kontakt kommen. Aber dazu musste ich das Werk von Berlioz kennen, mir ein paar Musikbegriffe aneignen, um keine dummen Fragen zu stellen, die mich als musikalischen Banausen entlarvten, der von nichts eine Ahnung hatte. Ich lud mir das Vorspiel der Oper bei ‚amazon‘ herunter. Das musste genügen. Ich hörte es mir mehrmals an, las auch bei Wikipedia eine intelligente Beschreibung, merkte mir Fachausdrücke. Der erste Teil der Oper handelte davon, wie die Griechen mit Hilfe einer Attrappe, dem Trojanischen Pferd, Troja eroberten. Die griechischen Krieger hatten sich im Bauch des Pferdes versteckt. Die Trojaner freuten sich, glaubten, die Griechen seien abgezogen, holten das Pferd freudetrunken in ihre Stadt und leiteten damit ihren Untergang ein.

Mir kam der Gedanke, dass ich vielleicht auch zu freudetrunken sei und das ganze Unternehmen in einer Enttäuschung, einem Fiasko enden würde. Vielleicht holte ich mir selbst ein Trojanisches Pferd ins Gemüt. Möglich, dass Theresa glücklich verheiratet war oder von mir nichts wissen wollte. Möglich war auch, dass sie es gar nicht war, die mir in Singapur diesen Streich gespielt hatte. Auf dem Amulett, das musste nicht unbedingt eine Biene sein. Mein vergrößerter Fotoausschnitt war nicht scharf genug. Das konnte irgendein schlanker Krabbelkäfer sein, auch wenn es viel eher nach einer Biene aussah.

Nur: Welche Frage sollte ich stellen?

„Übertönen in dieser tragischen Oper die Bläser nicht zu sehr die Streicher?" – „Stimmt es, dass die Oper von Berlioz Wagners ‚Ring' gleicht? Wie empfinden Sie das?" – „Ich habe eine Ähnlichkeit mit Bruckners und Mahlers Sinfonien vernommen. Ist das so?" – „Hätte nicht die konzertante Violinpassage mehr in den Vordergrund gemusst?"

So oder so ähnlich konnte ich fragen.

Ich überlegte, was ich in Singapur getragen hatte, als ich die Filmdose an den Baum band, studierte die Wettervorhersage. Es würde warm sein. Also konnte ich wieder die weiße Sommerhose mit dem roten Polohemd anziehen. Vielleicht würde sie mich erkennen und erstaunt sein, sich fragen: „Habe ich den nicht in Singapur gesehen, als er diese Dose an dem Baum befestigt hat? Warum taucht er jetzt hier auf? Was will er?"

20

Die öffentliche Probe der Philharmoniker sollte im Stuttgarter Gustav-Siegle-Haus stattfinden. Das Gebäude verdankte sich der Stiftung eines reichen

Industriellen und war dazu gedacht „den weitesten Kreisen des Volkes den Zugang zu gediegener Bildung des Geistes und des Herzens zu erleichtern und zu eröffnen und so ihrem Leben erhöhten Wert und erhöhte Freude zu verschaffen."

Ich sah das als ein schönes Versprechen, vor allem für mein Herz. So fuhr ich also an einem frühen Freitagmorgen mit dem ICE von Bonn nach Stuttgart, lief dort vom Hauptbahnhof über die Königstraße die anderthalb Kilometer zum Leonhardsplatz, wo das Siegle-Haus war, ging an einer Säulenreihe, die einen Vorbau stützte, vorbei zum Eingang, begab mich in den Konzertsaal, fand, da ich rechtzeitig genug war, einen freien Platz in der ersten Reihe. Ich saß direkt vor der Bühne, würde das Orchester und also auch Theresa gut sehen können.

Unweit des Siegle-Hauses war ich am ‚Hans-im-Glück-Brunnen' vorbei gekommen. Der Hans stand als Figur mitten im Brunnen. Zwischen seinen Beinen steckte unten ein vergoldetes Schwein, das als Wasserspeier diente. Über der Skulptur wölbte sich ein schmiedeeiserner, von einem vierblättrigen, goldenen Kleeblatt gekrönter Baldachin. Ich nahm das als ein verheißungsvolles Zeichen für mein Unternehmen. Man mochte den Hans als Volltrottel bezeichnen, hatte er doch den Goldklumpen, den er am Anfang besaß, gegen immer Wertloseres getauscht, bis er am Ende nichts mehr hatte. Aber er war glücklich. Kam es nicht genau darauf an? Was nützte einem aller Reichtum, wenn die Liebe an einem vorbeiging? „Also Mut, mein Junge!" sagte ich mir. Ist die Veranstaltung zu Ende, sprichst du Theresa an."

Pünktlich um Zwölf kamen die Musiker auf die Bühne. Ich entdeckte Theresa. Sie war groß, schlank, fiel auf. Sie nahm in der ersten Reihe des Orchesters Platz, drehte an den Wirbelknöpfen ihrer Violine, stimmte das Instrument ein letztes Mal.

Die Musik begann. Ich hatte nur Augen für Theresa und die Violine, die sie mal sanft streichelte, an den dramatischen Stellen aber mit dem Bogen in leidenschaftlicher Virtuosität bearbeitete.

Als die Probe zu Ende war, stand ich auf, ging hinaus zum Eingang, wartete draußen. Irgendwann würde sie kommen.

Als das Publikum sich endlich verlaufen hatte, erschienen die Musiker. Ich ging auf Theresa zu, sah, als ich dicht vor ihr war, das Amulett mit der Biene, war mir jetzt sicher, dass sie die Richtige war.

„Entschuldigung!" sprach ich sie an und fragte: „Sie waren im April in Singapur?"

Sie musterte mich erstaunt: „Ja, warum fragen Sie?"

Ich hielt ihr das Foto aus meiner Obscura entgegen, sagte:

„Danke für das Bild!"

Sie betrachtete das Foto, lachte. „Ach, Sie waren das mit der Filmdose?"

„Ja. Sie haben mir einen Kaugummi auf das Objektiv geklebt."

„Entschuldigung! Es war zu verführerisch."

„Ist schon okay. Es ist ja ein schönes Bild. Ich möchte mich dafür bedanken."

Ich fasste meinen Mut zusammen. Mir klopfte das Herz. „Darf ich Sie zu einer Tasse Kaffee einladen?"

Sie lachte, musterte mich noch einmal für einen Augenblick und antwortete dann: „Ja, warum nicht!? Muss aber kein Café sein. Gehen wir zum ‚Brunnenwirt'. Das sind nur ein paar Meter. Nach einer Probe habe ich immer Hunger."

21

Der ‚Brunnenwirt' lag schräg gegenüber dem Eingang zum Konzertsaal. Ich dachte an ‚Hans im Glück', sah in dem Namen der schwäbischen Kneipe ein gutes Omen. Ich hatte die Befürchtung gehabt, mit Theresa auf eine Diva zu treffen, aber sie war eher lustig und unkompliziert, was ich mir eigentlich hätte denken können. Denn wer so einen Streich wie in Singapur spielte, musste einen kindlichen Humor haben. Sie bestellte sich eine Currywurst und ein Stuttgarter Hofbräu. Ich hatte keinen Hunger, ließ mir ein großes, dunkles Bockbier bringen, das mit seinen über 7% meine Nervosität dämpfen würde.

Zunächst bedankte ich mich für ihr ausgezeichnetes Violinspiel, kam dann aber rasch zu meiner zentralen Frage.

„Woher haben Sie gewusst, worum es sich bei der Filmdose handelte? Sie müssen es ja gewusst haben."

„Das ist doch bekannt", meinte sie. „Das ist ein weltweites Projekt eines tschechischen Künstlers. Man bekommt von ihm so eine Dose mit Fotopapier, soll sie irgendwo befestigen, ein paar Wochen belichten und sie ihm dann zuschicken. Die besten Fotos kann man im Internet betrachten. Da ich viel mit dem Orchester herumkomme, hatte ich mir überlegt, auch daran teilzunehmen, es aber gelassen. Ja, und dann entdeckte ich nach der Probe, die wir an dem Tag hatten, als Sie am Tamarindenbaum standen, Ihre Filmdose und dachte, auf diese Weise bist du bei dem Projekt doch noch dabei."

„Ach", sagte ich enttäuscht, „Schade. Ich dachte, ich hätte das mit der Filmdose erfunden. Von dem Projekt wusste ich nichts."

„Ist doch egal, wer was erfindet", bemerkte sie. „Die Hauptsache, die Kunst macht Spaß."

„Und womit haben Sie das Nadelloch erweitert?"

„Mit einer Haarspange. War ganz einfach. Ich musste es wegen der Belichtung erweitern, konnte ja nicht tagelang davorstehen. Eine halbe Stunde habe ich ausgehalten, mir die Violine unter den Arm geklemmt und versucht nicht zu wackeln. Ist nicht ganz gelungen. Deswegen ist das Foto etwas unscharf. Aber wie haben Sie mich gefunden?"

„Auch ganz einfach. Ich bin auf die Internetseite des SSO gegangen. Da war im Archiv das Stuttgarter Gastspiel angegeben. Dann musste ich nur noch die Website der Philharmoniker besuchen. Da sind ja die Porträts von allen Orchestermitgliedern. Außerdem habe ich mit einem Projektor Ihr Amulett vergrößert, die Biene erkannt."

„Ja, die Biene", sagte sie nachdenklich. „Das ist eine seltsame Geschichte. Eigentlich hätte ich die Filmdose nicht entdeckt, wäre nicht in dem Moment, als ich in die Konzerthalle gehen wollte, ein Bienenschwarm gekommen, um sich auf den Blüten eines Hibiskusstrauches niederzulassen. Der Strauch stand ja genau auf der Linie zwischen dem Eingang und dem Tamarindenbäumchen. Als unsere Probe zu Ende war, war ich neugierig und bin zu dem Baum gegangen."

„Merkwürdig", meinte ich. „Ist das Zufall oder etwas anderes?"

„Ich glaube, das ist etwas anderes. Man nennt das Koinzidenz."

22

„Koinzidenz?" fragte ich. „Noch nie gehört."

„Das ist eine Gleichzeitigkeit der Ereignisse. In dem Moment, wo Sie die Filmdose an den Tamarindenstamm binden, taucht der Bienenschwarm auf. Der Psychologe C.G. Jung hat das genau beschrieben. Ich wusste, dass es etwas Besonderes zu bedeuten hat. Auch das war ein Grund, mich vor die Camera Obscura zu stellen. Ich gestehe: Ich wollte, dass wir uns kennenlernen, habe aber nicht damit gerechnet."

Ich schwieg verwundert. Also doch kein Zufall.

Sie lächelte, sah mich mit ihren smaragdgrünen Augen an, legte die Stirn in Falten: „Tja, jetzt sitzen wir hier…"

Ich war verlegen, wusste nicht, was ich sagen sollte. Aber sie nahm das Gespräch wieder auf, wechselte vom distanzierten ‚Sie' zum persönlicheren ‚Du', fragte: „Du warst die ganze Zeit in Singapur?"

Ich schüttelte den Kopf. „Nein, nur einen Tag. Ich arbeite bei der Lufthansa. Nach drei Wochen sind wir wieder nach

Singapur geflogen, da erst habe ich die Filmdose mit nach Hause genommen."

„Wo wohnst du denn?" wollte sie wissen.

„In Bonn."

„Oh je, das ist weit."

„Nein", widersprach ich kühn. „Ich kann günstig fliegen und ab und zu mit dem Cityliner auch umsonst. Kein Problem."

„Tauschen wir unsere Telefonnummern?"

„Aber ja!"

Die Rückfahrt nach Bonn trat ich in seligster Stimmung an, fiel im ICE auf, weil ich vor mich hinsummte. Natürlich kein klassisches Stück, kein Mozart, Brahms oder Chopin. Die kannte ich noch nicht. Aber das würde sich wohl ändern. Ich summte einen Song von Matthias Reim, der mit dem flotten Auftakt einer Violine eingeleitet wird: „Das ist so ein Moment, auf den man so gewartet hat, und jetzt findet das wirklich statt. Und bleibt. Das ist die Leichtigkeit des Seins!"

Glück will sich mitteilen. Zu Hause angekommen, rief ich Kira an.

„Wie ist es gelaufen?" fragte sie.

„Wunderbar", antwortete ich. „Sie ist es. Nächste Woche bin ich wieder in Stuttgart."

„Oh! Das geht aber schnell. Wie alt ist die Dame eigentlich?"

„Dreißig."

„Sternzeichen?" Kira glaubte an die Astrologie.

„Weiß ich noch nicht."

„Nimm dich als Wassermann vor den Steinböcken in acht."

„Blödsinn!" antwortete ich. „Selbst wenn sie einer wäre, würde mich das nicht abhalten."

23

Theresa krempelte mein Leben um. Bevor ich sie kennenlernte, war ich träge geworden. Keine Entwicklung mehr. Ab und zu ein Filmdöschen aufhängen, Dienst schieben. Das war in der letzten Zeit alles gewesen. Ich hatte kein Buch mehr angefasst, pflanzte mich, war ich nicht im Flieger oder irgendwo im Hotel, zu Hause auf das Sofa, zog mir unsinnige Fernsehsendungen rein, schreckte auch vor dem ‚Dschungelcamp' nicht zurück. Geistiger und emotionaler Stillstand.

Mit Theresa wurde das anders. Ich lernte die Welt der klassischen Musik kennen. Bach, Mozart, Liszt, Chopin, Brahms, Schumann und viele andere. Ich besuchte mit ihr Konzerte, war oft dabei, wenn sie mit den Philharmonikern einen Auftritt hatte. Was ihr Violinspiel betraf, zählte sie zu den ‚jungen Wilden'. Sie bearbeitete die Saiten bei Solopassagen mit einer ekstatischen Leidenschaft, konnte aber genauso gut sanft und zart mit dem Instrument umgehen.

Ich las wieder. Musikbiographien und vor allem tat ich mich in ihren philosophischen Regalen um, staunte, was sie alles schon gelesen hatte, stieß auf die Anthroposophie Steiners, der die Ganzheit des Menschen im Blick hatte und seine spirituelle Verbundenheit mit einem Universum, das Hawkings ‚Big Bang' aus dem Nichts heraus widersprach. Ich hatte einen Impuls für eine neue Bahn der Entwicklung, für ein neues, endlich Sinn stiftendes Verständnis. Ich war zwar erst an einem bescheidenen Anfang, war aber kühn genug, mir auf dieser Basis neue Gedanken über die Liebe zu machen. War sie für die Welt nicht das, was die Sonne für das äußere Leben ist? Gab es je einen Urknall, dann war davor nicht das Nichts, sondern nichts als die Liebe. Und die hatte in unserem Erdendasein drei miteinander verwobene Ebenen, die ich mir bildlich als eine liegende, meinetwegen auch liebende Acht vorstellte. Im Kreuzungspunkt der beiden Schleifen war die Liebe als seelisches Gefühl, in den Schleifen das Sinnliche und das Spirituelle. Sicher, meine Gedanken waren noch unausgereift. Theresa würde da mehr wissen.

Vor der Zeit mit ihr war ich abgestumpft, was Gespräche anging. Worüber unterhielt ich mich? Über alltägliche, die sogenannten praktischen Dinge. Ein dahinplätschernder Small-Talk. Am nächsten Tag wusste ich nicht mehr, worüber man gesprochen hatte. Da war nichts hängen geblieben, in die Tiefe gesunken. Nur Kira war da eine halbwegs angenehme Ausnahme. Ebenso wie Lena. Theresa dagegen war eine neue Dimension, hatte verhindert, dass ich im Stillstand steckenblieb.

Genauso wie mit den meisten Unterhaltungen war es auch mit dem Fernsehen. Tausende von Stunden hatte ich in die

Kiste geglotzt, erinnerte mich aber an keinen Film mehr. Die waren alle weg.

Theresa hatte keinen Fernseher, aber einen großen Monitor für ihren PC. Wir stellten unser Programm mit DVDs selber zusammen, sprachen über die Filme, über ihr Thema. Zum Beispiel über ‚Chopin – Der Liebe verfallen‘.

Die Affäre mit George Sand, der Winter auf Mallorca. George Sand, die Femme fatale. Änderte ihren weiblichen Namen von Aurore in das männliche George, trug Hut, Hosen, rauchte Zigarren, verursachte Skandale, provozierte die Männer, trieb manchen in den Wahnsinn. Darüber konnte man reden. Das war besser, als sich etwas anzuhören, was man am nächsten Tag wieder vergessen hatte.

War das, was George Sand praktizierte, heute noch notwendig? Theresa meinte:

„Nein! Die Zeit hat sich geändert. Aber damals? Ja. Da konnten sich die Männer alles erlauben. Da herrschten Verhältnisse wie in den arabischen Ländern. Die Stellung der Frau glich eher der eines Sklaven. Ich bewundere den Mut, mit dem sich George Sand engagierte. Sie war eine Rebellin. Aber ich selbst leide nicht unter den Männern. Manchmal tun sie mir sogar leid, scheinen mir orientierungslos, wissen nicht mehr, welche Rolle sie spielen sollen."

„Und wie ist das bei mir?" fragte ich. „Verhalte ich mich nach irgendeiner Rolle?"

„Ach was! Du bist einfach so. Wer hängt schon in Singapur eine Camera Obscura auf und begibt sich dann auf die Suche!? Rollenverhalten ist Blödsinn. In der Liebe sowieso."

Bezeichnete ich Theresa als meine Mentorin, wollte sie das nicht hören.

„Max, du spinnst. Ich bin deine Frau, deine Geliebte, keine Mentorin."

„Bist du aber doch!" widersprach ich. „Frau, Geliebte natürlich auch. Und das ganz besonders."

Theresa, was Kleidung betraf, liebte einen femininen, verspielten Stil, der ihr wunderbar stand. Sie trug, während die meisten Frauen in Hosen herumliefen, lange Röcke in Vintage-Eleganz oder bis an die Füße reichende Kleider, konnte darin schweben wie eine Fee. Das sah aus, als gleite sie auf Schlittschuhkufen. Für die Aufführungen hatte sie eine Reihe von langen Kleidern, in Rot, Schwarz und Weiß. Das weiße hatte einen Ausschnitt, der einen seidig glatten, schlanken Rücken freiließ. Manche lästerten darüber. Aber ihr war das egal. Sie hatte den Mut zum Ungewöhnlichen.

Der Schmuck, den sie zu dem Bienenamulett wählte, war passend, harmonisch, dezent. Besonders auffallend waren nur die großen, goldenen Ohrringe, die sie manchmal anlegte und die nur zu sehen waren und dann lustig hin und her schwangen, wenn sie sich ihre Haare in den Nacken strich.

Was ich auch von ihr lernte, war, wieder Briefe zu schreiben. Es war viel schöner, einen Brief in der Hand zu halten als eine SMS zu lesen. Wir schickten uns gerne Briefe. Theresas erkannte ich sofort. Statt den Absender auf die Rückseite des Kuverts zu schreiben, benutzte sie ein Siegel mit dem Porträt von Friedrich Schiller, den sie verehrte. Ich freute mich immer, wenn ich statt einer Rechnung Schiller im Briefkasten fand. Ich wollte Theresas Kultur nicht nachstehen und schaffte mir einen Siegelstempel mit einem Herz an. Dazu roten Siegellack, den ich in einem runden Löffel über einer Kerze zum Schmelzen brachte, auf die Falz goss und das Herz hineindrückte.

Manchmal sprachen wir auch über die seltsame Koinzidenz von Singapur. Als ich die Filmdose am Tamarindenbaum befestigte und gleichzeitig dieser Bienenschwarm über den Blüten des Hibiskus auftauchte. Am Anfang war ich noch skeptisch.

„Meinst du wirklich, dass das spirituell gelenkt war?"

Sie lächelte. „Ich meine das nicht. Ich weiß das."

Rätselhaft. Aber mit der Zeit ereigneten sich auch noch andere mich verblüffende Ereignisse von Gleichzeitigkeit. Dachte ich an Theresa und ging zum Telefon, um sie anzurufen, kam sie mir manches Mal zuvor, rief mich genau in diesem Moment an. Verschickte ich einen Brief mit dem Herzsiegel und sie hielt ihn in den Händen, fand ich noch am selben Morgen in meinem Postkasten einen Brief mit dem Schiller-Siegel. Wir hatten gleichzeitig geschrieben. Ein anderes Mal hörte ich bei mir eine Arie aus der ‚Zauberflöte', fand Mozarts Musik hinreißend schön, suchte im Internet nach einer Aufführung. Da rief sie an: „Max, ich habe zwei Karten für die ‚Zauberflöte'".

Diese Dinge und noch andere geschahen häufiger, so dass ich schließlich nicht mehr an der Koinzidenz zweifelte. Es gab halt zwischen Himmel und Erde Vorgänge, die man sich mit dem rationalen Verstand nicht erklären konnte. Der Mensch hatte offensichtlich Verbindungen zu einer spirituellen Welt, wobei das Herz ein besonderes Wahrnehmungsorgan war. Hatte der alte Aristoteles nicht recht, wenn er den Gehirnfurchen nur eine kühlende Funktion zuschrieb?

24

Wann immer es mir der Dienst erlaubte, begleitete ich Theresa zu den Auftritten der Stuttgarter Philharmoniker. Einmal musste sie für drei Tage nach Lissabon. Konzert im Teatro Nacional de São Carlos, das im Stadtteil Belém liegt. Schumanns ‚Frühlingssinfonie' sollte gespielt werden, seine Sinfonie Nr. 1 in B-Dur, eine Komposition der Leichtigkeit und Lebensfreude. Schumann hatte über sein Werk gesagt: „„Ich schrieb die Sinfonie, wenn ich sagen darf, in jenem

Frühlingsdrang, der den Menschen wohl bis in das höchste Alter hinreißt und in jedem Jahr von neuem überfällt." Er hatte ein Gedicht gelesen, das ihn zu der Sinfonie inspiriert hatte: „O wende, wende Deinen Lauf, im Tale blüht der Frühling auf!"

Den gleichnamigen Film mit Nastassja Kinski als Clara Wieck hatten wir schon gesehen. Schumanns Werben um Clara. Jene irre Geschichte, in deren Verlauf es zum Bruch mit Claras Vater kommt, der seine göttliche Pianistentochter nicht hergeben wollte. Bis das Paar gegen den Vater sogar vor Gericht zog. Bei der Musik wusste ich nicht, welcher der vier Sätze mir der liebste war. War es das sehnsuchtsvolle und zarte ‚Larghetto' im zweiten oder das ‚Allegro animato e grazioso' im abschließenden vierten? Gleichwohl, die ganze Sinfonie war schön.

„Lissabon trifft sich gut", sagte ich zu Theresa. „Da ist noch ein Filmdöschen von mir. In einem Café am Platz der Seefahrer."

Ich sah auf meinen Einsatzplan. Genau zum Termin der Aufführung hatte ich Bereitschaft. Es war ein Wochenende im

November. Konnte Kira helfen? Ich rief sie an.

„Kannst du für mich einspringen?" fragte ich und nannte das Datum.

„Augenblick, Max. Ich muss erst nachsehen. Was hast du vor?"

„Drei Tage Lissabon. Theresa spielt dort mit den Philharmonikern."

Nach zwei mir endlos scheinenden Minuten kam sie wieder an den Apparat.

„Ja, Max, das geht."

„Du bist ein Schatz, Kira. Eine echte Freundin."

„So, so."

„Ja, ich werde mich revanchieren, für dich einspringen, wenn du jemanden brauchst."

„Nicht nötig. So schöne Termine wie du habe ich nicht."

„Kommt noch", tröstete ich sie.

Im November kamen drei zauberhafte Tage mit Theresa in der weißen Stadt. Hatte sie Zeit, saßen wir in der Sonne vor dem Café am Tejo. An zwei Abenden waren wir in der Altstadt, lauschten dem Fado, dem Gesang, der von Sehnsucht und Heimweh sprach.

Der Besitzer des Cafés hatte die Filmdose tatsächlich nach drei Monaten abgenommen und mit einem Klebestreifen verschlossen. Ich musste versprechen, ihm einen Abzug des Fotos zu schicken.

Vor der Aufführung am Sonntagabend fragte mich Theresa: „Welches Kleid soll ich anziehen?"

„Nimm das wilde weiße", riet ich ihr. „Da kein Klavier bei dem Konzert dabei ist, stiehlst du keiner Pianistin die Show. Du spielst die erste Violine. Das Publikum wird begeistert sein und ich stolz auf dich."

Sie spielte ihren Part hinreißend. Mit virtuoser Leidenschaft im vierten Satz und mit einer verlockenden Zärtlichkeit im zweiten. Paganini hätte nicht besser sein können. Das Publikum war begeistert, hörte nach der Vorstellung nicht auf zu klatschen. Dreimal musste sie mit dem Dirigenten zurück auf die Bühne.

Wieder bei mir zu Hause angekommen ging ich in die Dunkelkammer, öffnete den Deckel der Dose, zog das Fotopapier heraus, das ich nicht mehr entwickeln, sondern nur noch fixieren musste. Wegen der langen Belichtungszeit hatte sich das Schwarzweiße in Farben verwandelt. Ein wunderbares Bild war entstanden, als hätte Chagall es gemalt. Man sah den breiten Arm des Tejo, auf dem die Lichtspuren der Fähren lagen und der wandernde Glanz der Sonne. Am jenseitigen Ufer sah man die Häuser Almadas mit schimmernden Lichtern. Wie ein Regenbogen verbanden nebeneinander liegende Streifen der Sonnenbahn beide Ufer. Die Menschen, die auf der Uferpromenade vorbeigegangen waren, wirkten mit ihren bunten Schatten wie eine Sternschnuppe, die in einem Feuerwerk verglüht.

Ich fotografierte das Bild mit meinem Smartphone – dieses Mal ging es nicht anders als digital – und schickte es wie versprochen nach Lissabon.

25

Dass ich mit meinem Beruf als Flugbegleiter nicht mehr zufrieden war, bemerkte Theresa und fragte: „Max, was willst du wirklich? Was würde dir Freude machen?"

Zunächst dachte ich an eine Pilotenausbildung. Aber der Zug war längst abgefahren. Die Altersgrenze lag bei 27 Jahren.

Die analoge Fotografie aber hatte ich immer noch gern. Fotografika faszinierten mich. Zum Beispiel die Laterna Magica, vor deren Linse man bunte, bemalte Glasstreifen schob und die Bilder auf eine weiße Wand projizierte. Da im Innern der Magica keine Glühbirne war, sondern eine Kerze, wirkten diese Bilder, die von den Abenteuern der Welt erzählten, geheimnisvoll. Ich liebte auch die alten Filmprojektoren mit Kurbel. Hier kam es auf die Kunst des gleichmäßigen Drehens an, um die Filme, die nur ein paar Minuten dauerten, in Schwarzweiß zu sehen. ‚Stierkampf in Toledo', ‚Verschollen in der Arktis', ‚Lindberghs erster Flug'. Auch am ‚Zappelphilipp' hatte ich noch meine Freude, an ‚Hänsel und Gretel' und an ‚Dick und Doof auf der Achterbahn'. Da konnte man wieder zum fröhlichen Kind werden. Schön waren auch die alten Reisekameras aus edlem Holz mit ihrem glänzenden Messingobjektiv, dem Balgen zum Ausziehen und der Mattscheibe hinten. Ja, das konnte ich mir vorstellen, auf Auktionen Fotografika zu ersteigern und dann Messen zu besuchen, um sie zu verkaufen. Die Welt der analogen Fotografie hatte immer noch ihre Freunde, ihre Liebhaber. Ich lief zwar Gefahr, die schönsten Stücke selber zu behalten, aber da musste ich vorrangig an das Geschäftliche denken. Die Hauptsache, ich handelte mit Dingen, an denen ich selbst Spaß und von denen ich Kenntnis hatte. Besonders schön waren zum Beispiel auch die Daguerrotypien, jene ersten Porträts auf versilberten Kupferplatten, die liebevoll und dekorativ in einen Lederrahmen gefasst waren.

Ich beschloss, mein eigener Herr zu werden, mir die Termine selber zu machen und nicht von anderen bestimmen zu lassen. Ich hatte ein paar tausend Euro gespart. Kein Vermögen, aber es reichte, um einen gebrauchten Citroen ‚Nemo‘ zu kaufen mit großer Ladefläche, wenn man die Rückbank ausgebaut hatte. Es reichte auch noch, um auf Auktionen einen ersten Bestand zu ersteigern. Fotomessen gab es genug. Regional und überregional. 24 waren das pro Jahr. Fast jede, auch wenn hochmodern und digital orientiert, erlaubte Stände für Fotografika. Auf ein Stück Nostalgie mochte man nicht verzichten.

Ich kündigte meinen Job bei der Lufthansa und startete in einen neuen Lebensabschnitt.

Kira war traurig. „Schade, Max! Ich wäre gerne weiter mit dir geflogen. Glaubst du, dass deine Selbstständigkeit gutgeht?"

„Warum nicht? Ich werde es auf jeden Fall versuchen."

„Und die Liebe?"

„Ist das Wichtigste. Theresa ist eine wunderbare Frau."

„Du bleibst mir in Bonn erhalten?"

„Das wird sich noch zeigen."

Meinen letzten Flug hatte ich ausgerechnet nach Singapur. Ich besuchte die Victoria Concert Hall, ging aber nicht hinein, sondern begab mich zuerst zu dem Hibiskusstrauch, sagte ihm, wie schön er sei und strich mit der Hand sanft über eine der Blüten. Dann wanderte ich zu dem Tamarindenbaum, umarmte den Stamm und sagte „Danke!"

*

Rüdiger Schneider lebt als Autor in Bad Breisig am Mittelrhein. Veröffentlichung von Romanen und Erzählungen. Publikationen zum Jakobsweg und auch anderen Pilgerwegen u.a. ‚Via Hildegardis'. 1996 Förderpreis zum Literaturpreis Ruhrgebiet. 2000 erschien im Leipziger Militzke-Verlag mit ‚Pandoras Schatten' sein erster Roman.

Website: www.ruediger-schneider.net
Email: mail@ruediger-schneider.net

'Kein Sport für Pianisten', 108 S., ISBN
9783750421462, März 2020

Adrian Taufenbach spielt fast ausschließlich
Chopin. Amor scheint an ihm vorbeigegangen zu
sein. Doch dann taucht Céline auf.

Rüdiger Schneider

Herzflimmern oder

music is life

Novelle

‚Herzflimmern oder 'music is life', 56 S., ISBN
9783752898453, Februar 2020

Nach einer Herz-OP bricht Maximilian Wagenfeld
die Reha ab und entscheidet sich stattdessen für
eine Musiktherapie. Er kommt in die Klangwiege
und verliebt sich in seine Therapeutin. Eine rasante
Geschichte beginnt.

,Herzschleifen – Vier Erzählungen', 240 S., ISBN
9783752898453, Februar 2020

Thema der Erzählungen: Das Herz und die Liebe.
Was auch sonst!?

Rüdiger Schneider

Einmal nicht aufgepasst...

und schon bist du glücklich

Heitere Geschichten zum Liebesglück

Erscheint demnächst:

,Einmal nicht aufgepasst… und schon bist du glücklich' - Heitere Geschichten zum Liebesglück
80 S., ISBN 9783752896220

Was passiert, wenn sich bei einer geplanten Ballonfahrt die Leine aus Versehen vorzeitig löst oder bei einer Vernissage ein Mops die Initiative ergreift? Diese und andere Geschichten handeln vom Glück, wenn etwas schiefgeht.